JN251500

文豪ノ怪談ジュニア・セレクション
恋

川端康成・江戸川乱歩ほか

東雅夫　編
谷川千佳　絵

目次

幼い頃の記憶

泉鏡花

人から受けた印象*ということについてまず思いだすのは、幼い時分の軟らかな目に刻み付けられた様々な人々である。

年を取ってからはそれが少ない。あってもそれは少年時代の憧れやすい目に、ちょっと見たなんの関係もない姿が永久その記憶から離れないというような、単純なものではなく、忘れ得ない人々となるまでに、いろいろ複雑した動機*なり、原因なりがある。

この点から見ると、私は少年時代の目を、純一無雑*な、ごく軟らかなものであると思う。どんなちょっとした物を見ても、その印象が長く記憶に止まっている。大人となった人の目は、もう乾からびて、殻ができている。よほど強い刺撃を持ったものでないと、記憶に止まらない。

私は、その幼い時分から、今でも忘れることのできない一人の女のことを話してみよう。

どこへ行く時であったか、それは知らない。私は、母に連れられて船に乗っていたことを覚えている。その時は何というものか知らなかった。今考えてみると船だ。汽車ではない、確かに船であった。

それは、私の五つぐらいの時と思う。まだ母の柔らかな乳房を指で摘み摘みしていたように覚えている。幼い時の記憶だから、その外のことはハッキリしないけれども、なんでも、秋の薄日の光りが、白く水の上にチラチラ動いていたように思う。

その水が、川であったか、海であったか、また、湖であったか、私は、今それをここでハッキリ云うことができない。とにかく、水の上であった。

私の傍にはたくさんの人々がいた。その人々を相手に、母はさまざまのことをしゃべっていた。私は、母の膝に抱かれていたが、母の唇が動くのを、物珍らしそうにじっと見ていた。その時、私は、母の乳房を右の指にて摘んで、ちょうど、子供が耳に珍らしい何事

人から受けた印象　この設問に答える形で、雑誌「新文壇」第七巻第二号に発表された文章である。

複雑した　複雑な。込み入った。
純一無雑　混じりけのないこと。

かを聞いた時、目に珍らしい何事かを見た時、今まで貪っていた母の乳房を離して、その澄んだ瞳を上げて、それが何物であるかを究めようとする時のような様子をしていたように思う。

その人々の中に、一人の年の若い美しい女のいたことを、私はその時ふと見出した。そして、珍らしいものを求める私の心は、その、自分の目に見慣れない女の姿を、照れたり、含恥んだり*する心がなく、正直に見つめた。

女は、その時は分らなかったけれども、今思ってみると、十七ぐらいであったと思う。いかにも色の白かったこと、眉が三日月形に細く整って、二重瞼の目がいかにも涼しい、面長な、鼻の高い、瓜実顔*であったことを覚えている。

今、思い出してみても、確かに美人であったと信ずる。

含恥んだり 恥ずかしがったり。
瓜実顔 ウリ科植物の種子に似た色白・中高でほっそりした顔。夏目漱石「夢十夜」（『夢』所収）の第一夜に登場する女性とも同じ形容である。

着物は派手な友禅縮緬*を着ていた。その時の記憶では、十七ぐらいと覚えているが、十七にもなって、そんな着物を着もすまいから、*あるいは十二三、せいぜい四五であったかもしれぬ。

とにかく、その縮緬の派手な友禅が、その時の私の目になんともいえぬ美しい印象を与えた。秋の日の弱い光りが、その模様の上を陽炎*のようにゆらゆら動いていたと思う。

美人ではあったが、その女は淋しい顔立ちであった。どこか沈んでいるように見えた。人々が賑やかに笑ったり、話したりしているのに、その女のみ一人除け者*のようになって、隅の方に坐って、外の人の話に耳を傾けるでもなく、何を思っているのか、水の上を見たり、空を見たりしていた。

私は、その様を見ると、なんともいえず気の毒なような気がした。どうして外の人々はあの女ばかりを除け者にしているのか、それが分らなかった。誰かその女の話相手になってやればよいと思っていた。

私は、母の膝を下りると、その女の前に行って立った。そして、女がなんとか云ってくれるだろうと待っていた。

けれども、女はなんとも言わなかった。かえってその傍にいた婆さんが、私の頭を撫でたり、抱いたりしてくれた。私は、ひどくむずがって*泣きだした。そして、すぐに母の膝に帰った。

母の膝に帰っても、その女の方を気にしては、よく見返り見返りした。女は、相変らず、沈みきった顔をして、あてもなく目を動かしていた。しみじみ淋しい顔であった。

それから、私は眠ってしまったのか、どうなったのか何の記憶もない。

私は、その記憶を長い間思いだすことができなかった。十二三の時分、同じような秋の

友禅縮緬　友禅染にした縮緬。友禅染は絢爛華麗な絵文様を特色とする染物で、元禄時代に京都の絵師・宮崎友禅が完成したことから、この名がある。縮緬は絹織物のひとつで、布の表面に細かな皺がよるのが特色。

着もすまいから　着ないだろうから。

陽炎　春陽に熱せられた地面などの向こうの景色が、ちらちらと揺らめいて見える現象。はかないものの形容にも用いられる。別名を「糸遊」というが、鏡花には「糸遊」（一九一二）という幻妖味ただならぬ短篇もある。

除け者　仲間はずれ。

むずがって　「むずかって」とも。子供がすねたり焦れたりして泣くこと。

夕暮、外口の所で、外の子供と一緒に遊んでいると、ふと遠い昔に見た夢のような、その時の記憶を喚びおこした。

私は、その時、その光景や、女の姿など、ハッキリとした記憶をまざまざと目に浮べてみながら、それが本当にあったことか、また、生れぬ先にでも見たことか、あるいは幼い時分に見た夢を、なにかの拍子にふと思いだしたのか、どうにも判断がつかなかった。今でもやっぱり分らない。あるいは夢かもしれぬ。けれども、私は実際に見たような気がしている。その場の光景でも、その女の姿でも、実際に見た記憶のように、ハッキリと今でも目に見えるから本当だと思っている。

夢に見たのか、生れぬ前に見たのか、あるいは本当に見たのか、もし、人間に前世の約束というようなことがあり、仏説などにいう深い因縁があるものなれば、私は、その女と切るに切り難い何等かの因縁の下に生れてきたような気がする。

それで、道を歩いていても、ふと私の記憶に残ったそういう姿、そういう顔立ちの女を見ると、もしや、と思って胸を躍らすことがある。

もし、その女を本当に私が見たものとすれば、私は十年後か、二十年後か、それは分らないけれども、とにかくその女にもう一度、どこかで会うような気がしている。* 確かに会えると信じている。

（「新文壇」一九一二年第七巻第二号に掲載）

外口　戸外への出入口。玄関先。
まざまざと　ありありと、はっきりと。眼前に見えるさま。
生れぬ先　前世。過去世。現世に生まれ出る前の世。
仏説　仏教の説く教え。
因縁　物事が生じる原因。「因」は直接的な原因で、「縁」は間接的な原因。
どこかで会うような気がしている　本篇と同じ一九一二年の十一月に発表された鏡花の短篇「霰ふる」より引用する——「この二人の婦人は、民也のためには宿世からの縁と見える。ふとした時、思いも懸けない処へ、夢のように姿を露わす——（略）峰を視めて、山の端に彳んだ時もあり、岸づたいに川船に乗って船頭もなしに流れて行くのを見たり、揃って、すっと抜けて、二人が床の間の柱から出て来た事もある」

緑衣の少女

佐藤春夫

益都*の生れの小宋という別名*を持った于生という若者があった。彼は醴泉寺*の僧房*に学生として住んでいた。ある夜のこと、ちょうど彼が読書に耽っている時であった。突然、窓のそとに若い女性の声が聞えた。それは彼を讃める言葉であった「于さん、大そうお勉強*でいらっしゃること。」彼はおどろいて跳びあがった。そうしてその方を見た。それは、緑の衣を着て長い上衣を身にまとった比べるもののないほど優しいたおやかな*少女であった。彼は一目に、その少女が人間の類ではない*という予感を持つことができたから、押して*その住所を聞いてみた。しかし少女は答えた「ここにいるじゃございませんか、*私がなにか人を嚙みつきでもするように見えまして？ なぜあなたはそんな事を訊いたり探ったりなさるのでしょうね。」彼は心からこの少女が好きになった。その夜、彼の女は若者の許に泊った。少女の下着は透かして見える絹であった。彼の女がその紐をといた時、彼の女の腰は片一方の掌でまわるほどに細かった＊。しかし、夜が明けた時、彼の女は寝床から身を翻す＊と、そのままどこかへ消え去ってしまった。

それから後は、若者の許に少女の訪れない夜はなかった。ある夜、二人は向いあって食卓をともにした上、いろんな話を語りあった。そうして彼は少女が音や律＊のことについてよく理解しているのを知った。彼は云った「もしお前が唄をうたったら、お前の唄のため

益都　青州（現在の山東省）にあった地名。
別名　ここでは「あざな（字）」のこと。中国で、男子が元服してから、本名とは別につける名前。日常生活では、あざなを用いた。本名に関連した命名が多い。
醴泉寺　唐の都・長安の醴泉坊にあった仏教寺院。空海が同寺のインド僧・般若三蔵および牟尼室利三蔵からサンスクリット語を学んだことでも知られる。
僧房　「僧坊」とも。僧侶が住む、寺院に併設された建物。
お勉強で　勉学に熱心で。勤勉で。
たおやかな　おしとやかな。上品でやさしげなさま。
人間の類ではない　本篇は中国清代の文人・蒲松齢（一六四〇～一七一五）の怪奇小説集『聊斎志異』（一六七九年頃成立、一七六六年刊行）の一篇「緑衣女」（柴田天馬訳『完訳聊斎志異』では第四巻所収）の翻訳である。約五〇〇篇の怪異譚を収める同書には、異類すなわち動植物の変化などと人間たちとの関わり、とりわけ恋愛模様を描いた物語が数多く含まれており、本篇もその一典型といえよう。
押して　強いて。重ねて。
ここにいるじゃございませんか　原典では「あたしを見て」（柴田天馬訳）。
片一方の掌でまわるほどに細かった　蜂の腹部の基部が細くびれている様子を暗示。
翻す　ひらりと身をおどらせる。
音や律　音律すなわち音楽。

に私の魂が飛び去ってしまうにちがいない。」彼の女は笑いながらそれに答えた「あなたの魂が飛んでいってしまっては大変です。」しかし彼が一そう強くたのんだ時、彼の女は言った「私は唄を吝む*のではありません。ただ他人に聞かれるのが気になるのです。でもあなたのお頼みなら、よろこんで拙い芸*をお聞かせいたしましょう。」それから少女は、しなやかに足拍子をとりながら寝床に身をもたせて歌*った――

樹の上に黒い鷹が怖*ろしい
深い夜にもわたしを眠らせない
それ故わたしはあなたの名を呼んで啼く。
わたしは気にもとめない――
わたしの絹の靴や、またそれを透して
雨がわたしを濡すことなどは。
ただ案じる、どんなにあなたが淋しかろうとそうして、走る、ただ走る、あなたの方へ。

少女の声は絹糸のようにかすかであった。辛うじて*聴きとれて、辛うじて分るほどであった。彼は身動きもせずうつりかわってゆく高低の調子と、円転し*、さては絶続する*音律に聴き入った。それは耳に媚び*、心臓をゆすぶった。歌いおわった時に、少女は扉を開けて外を見ながら言った「胸がどきどきする。誰かそとに、窓の前に人がいるようです……」彼の女は自分のまわりと、家のまわりとを見まわしてから再び室に這入ってきた。若者は言った。「何を考えているのだ。何が恐ろしいのだ？　お化けは人にかくれ人を恐

吝む　だしおしみする。
拙い　下手な。つまらない。
もたせて　寄りかかって。
樹の上に黒い鷹が……　原典は次のとおり。「樹上の烏臼鳥、／だまされて、あたし、夜なかに別れたの。／繡鞵はぬれても、いいけれど、／さみしいあなたが、かわいそう」（柴田天馬訳）。原典原文の末尾は「祇恐郎無伴」（ただおそるろうのともなきことを）で、その後の「そうして、走る、ただ走る、あなたの方へ。」の一行は、春夫が翻訳に際して参照したレオ・グライナーの『聊斎志異』ドイツ語訳に拠ったものと思われる。
辛うじて　ようやく。わずかに。
円転　くるくる廻ること。自由自在なこと。
絶続　途切れたり、また続いたり。
媚び　ここでは、耳を惹きつけられること。

れるという諺があるよ。」少女は笑いながら答えた。「それじゃ私もそのお化けでしょうよ。」

彼等がそれから臥床*に這入った時、少女はたいへん歎きながら訴えた「生きているという幸福はもう多分終りに近づいたのでしょう。誰も知るはずもないことですが……。」彼はどうしてだと訊いてみたが、彼の女はただ答えた。「私の胸がどきどきする。私の胸が動悸*を打つときは私は死ななければならないのです。」彼は少女をいろいろと慰めて、心臓が波打つのや眼がひきつるのはなにもそう大したことではないと言った。そうしてもう一度訊ねた「なぜお前はそんなことを考えるのだ？」それで少女はまた再びうれしげな笑を洩した。そうして二人はともにその夜を明かして互に互に愛しあった。

次の朝、水時計*が滴り尽きた時、少女は立ちあがって衣をつけると、扉を開けようとした。けれども永い間それを躊躇*していた後に、再び戻ってきて言った「なぜだか私の胸は恐しさで一ぱいです。お願いです、どうぞ私を扉の外まで連れていってくださいませ。」そこで若者は立ちあがって少女を扉の外まで導いていった。少女は言った。「ここに立っていて私を見送ってください。あの塀を曲って消えるまで家へ這入らないでください。」

「ああいいとも」若者はそう答えて、少女が家の角を廻ってしまうまで見ていた。彼の女の姿がもう見えなくなって、彼が帰ろうとした時、突然、少女の声が聞えた。高い救いを求める叫びが若者の耳を劈いた。*苦痛が彼の身中を通りすぎた。大急ぎで彼はその場所へ急いだ。しかし、そこには、いかに見廻しても、人間の足跡さえ見出すことができなかった。叫び声は家の庇*の下から洩れてくるのであった。彼がそれをよく見定めようとして頭を挙げるとそこにはちょうど弾丸ほどの大きさの蜘蛛が、一匹の虫を捕えようと身構えているのであった。叫び声は悲しげにひびいてもう消え入ろうとしていた。彼は網*を引きさいて、その小さい生物を手に取ると、そのからだに巻きついていた糸から放してやった。それは一匹の青銅色をした蜂が力も抜けて落ち入ろう*としているのであった。やがて、し

臥床　ねどこ。ふしど。
動悸　心臓の鼓動が烈しくなること。
水時計　「漏刻」とも。壺の底に開けた孔から漏れ出す水の量によって、時刻をはかる時計の一種。
躊躇　ためらうこと。
劈いた　裂き破った。鼓膜が破れるほどの大きな音がしたこと。
庇　窓、縁側、玄関などの上部につけて、陽光や雨などを防ぐ小屋根。
網　ここでは蜘蛛の巣のこと。
落ち入ろう　瀕死の状態になる。息も絶え絶えなさま。

ばらくの休息によって元気を回復した虫は、もう脚で歩もうとしていた。ゆっくりと蜂は硯の方へ匍いよって、*ほとんど溺れるばかりに墨のなかに身を浸すと、再び机の方へ匍いだしてきた。そうして歩むことによって、その蜂はそこへ、机の上へ「謝」という一字を書いた。*再び翅をふるわせたと思うと、その次の瞬間にはもう窓を越えて飛び去ってしまっていた。

それから後、あの少女はもう若者を訪れることはなかった。*

（「現代」一九二二年七月号に〈恋するものの道〉と題して、同題作品とともに掲載）

匍いよって　腹ばいで進んで。

「謝」という一字を書いた　我が身を筆代わりにして、感謝の意を表したのである。

若者を訪れることはなかった　単行本『玉簪花』（一九二三）版では、本篇に続けて次の愛すべき訳詩が掲げられている。「乾いた秋の木の葉の上に、雨がぱらぱら落ちるやうだ。美しい狐の娘さんたちが、小さな足音をさせて行くのは。」（ユニス・ティッチェンズ「夕明り」芥川龍之介訳）
作者（Eunice Tietjens）は米国の詩人・小説家で、原題は「Crepuscule」。芥川訳は「人間」一九二一年一月号掲載の「パステルの龍」から。

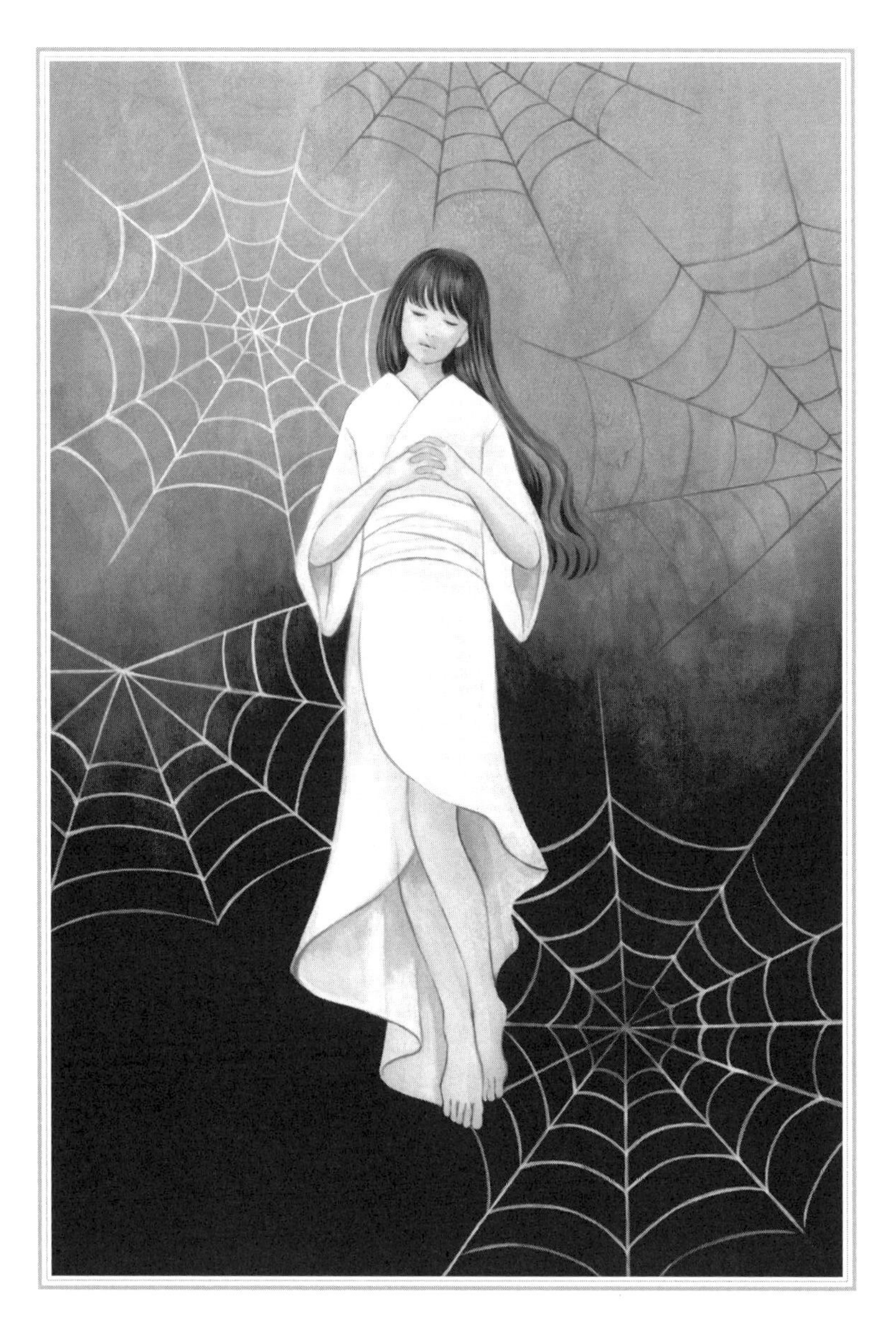

鯉(こい)の巴(ともえ)

小田仁二郎(おだじんじろう)

漁師の内助*は、沼の堤*の上に、家をたてて住んでいる。家といっても、まったく、貧しげな小屋だ。屋根がついているので、外よりましだと、いうくらいなもの。柱に網やびく*がかかり、居間には、かけたお椀*が、二つ三つと、すみのほうに、ぼろきれが、敷放し*になっている。ようやく*食べて、生きている活らしである。嫁をもらおうにも、誰も、来てくれて*がないだろう。内助は、あきらめているのかもしれない。たった一人で、沼で漁をしていた。

舟からあがると、えものの魚を、生簀*に放しておく。よいほどに溜ったところで、町に売りにいく。一匹だけは、売らない、魚があった。女鯉である。内助には、生簀に放した時から、この女鯉がほかの魚とちがうのが、わかった。泳ぎぶり*、尾のふりかたが、りりしく*、たしかに眼についた。

「かわいい奴だ。おまえは、売らないで、そだててやろう」
女鯉は、いつも、生簀にのこっていた。
女鯉を馴らすのが、内助には、楽しみになった。池のふちにしゃがみ、呼びながら、えさをやる。鯉がよってくると、指さきにつまんだまま、えさを吸わせる。指さきがくすぐったい。内助はにやにや笑った。女鯉はよくなついた。水からあげても、手のうえで、え

内助　本篇は、江戸期の文豪・井原西鶴（一六四二〜一六九三）の浮世草子『西鶴諸国ばなし』（一六八五）巻四所収「鯉の散らし紋」にもとづく作品である。原典では、河内国の内助が淵（「勿入渕とも。現在の大阪府大東市諸福付近にかつてあった大池。「ないすけ」は「ないりそ」→「ないじょ」からの転訛とする説あり）が舞台とされている。貝原益軒『南遊紀行』によれば「内助が淵は大池なり。（略）方八町（約八ヘクタール）ばかり有。蓮多く、魚多し。三箇より漁人行て採る。又その辺にも、漁家少あり」云々。

堤　池や沼、川などの水辺に土で築かれた堤防。土手。

びく　「魚籠」などと表記。漁でとった魚介類を入れておく器。魚籃。

かけた　欠けた。

敷放し　敷いたまま。敷きっぱなし。

ようやく　どうにか。なんとか。

来てくれて　「て」は「手」。来てくれる者。

生簀　漁でとった魚や料理に使う魚を、囲いの中に放して生かしておく所。

泳ぎぶり　泳ぐさま。

りりしく　キリッとして威勢がよい。

さを食べるようになった。女鯉には、いつのまにできたのか、左の鱗に、巴*の模様が、かっきり*浮きでていた。女らしい、可憐な模様であった。

独りものの内助には、たまらなくかわいいのだ。巴の模様を、そのまま名前にして、女鯉を「ともえ」と呼ぶことにした。

沼からかえる内助は、池の水がみえるあたりで、

「ともえ、ともえ」

と、奇妙にかん高い声*で、呼びたてる。

静まりかえる、沼のうえに、内助の声がすわれていく。池の水が、みだれ、きらめき、鯉の背がひかった。内助の呼び声に、巴は、いく度も、水のうえに跳ねあがるのだ。

内助は、顔いちめんに、にやにや笑いをうかべ、なおも呼びつづける。はねかえす水音が、はげしくなる。この水音が、内助には、唯一の生きがいになっていた。

巴を水からあげ、手のひらのうえで、えさをやった。えさを食べながら、巴の口が、内助の手のひらに吸いつく*のが、言葉のない、ないしょごとに思える。巴の背なかをなでて

やる。ぬれている鱗がすべすべする。いつだったかの針売*の女より、このほうがなめらかである。内助の手が冷たいので、巴の鱗の冷たさは、感じられず、しばらくすると、二つの肌は、おなじほどの暖かさになる。巴がしきりに尾をふるのだ。

えさを食べおわり、水に放してやっても、巴は、池のふちを、離れようとしなかった。内助を見あげては、跳ね、尾を水面にたたきつける。ひれで、なにかを、つかまえる格好をする。内助には、巴のやってもらいたいことが、よくわかった。

「ともえ――」

かっきり　くっきりと。きっかり。

奇妙にかん高い声　次行の「声がすわれていく」と相まって、どこか不穏で無気味な予感をかきたてる描写である。

手のひらに吸いつく……　鯉が丸い口をぱくぱく開けて、えさをねだるさまを、感覚的に巧みにとらえた描写である。これ以降に展開される、内助と鯉との濃やかな交情の超現実的でありながらリアルな描写は、西鶴の原典には描かれていない。

針売　針を売り歩く行商人。

巴　勾玉もしくはオタマジャクシのような形をした伝統的な文様。「巴紋」ともいい、家紋や太鼓などにも描かれる。巴の数により「二つ巴」「三つ巴」などと呼ばれる。西鶴の原典には「鱗に一つ巴出来て」とある。巴紋は渦巻きに似ているため、水に関わりがある文様とされ、火難除けに用いられることもあったという。いかにも女鯉にふさわしい名前である。ちなみに巴といえば、木曾義仲の妻として武者姿で戦陣に同行、勇名を馳せた巴御前（生没年不詳）のイメージも、本篇にはそこはかとなく揺曳しているように感じられる。

　内助はまた水に手をいれる。巴は、内助の声をききわけ、手のひらに、よじのぼってくる。このまま、わかれているのは、つらかった。内助は巴をだきかかえ、家のなかに入った。

　巴をつれて入っても、どこに置いてよいのか、迷ってしまうのだ。ほかにしかたがない。ぼろきれのうえに、置いてやる。はじめ、巴はじっとしていた。やがて、ぼろきれのにおいを、吸うように、しきりに、頭をかしげた。尾をまっすぐにし、ひれをひろげ、あとじさりに、ぼろの中にくぐっていくのだ。内助のにおいを、かぎ当てたのかもしれない。えらが、大きくひらいては、とじる。内助はあわてて、巴を抱きあげ、池に放しにいった。

　巴は、家のなかにいるのに、だんだん、なれてきた。三年、四年とたつうちには、一晩中、内助の側に、いられるようになった。

　晩のごはんは、内助とおなじに、かけたお椀でたべる。お椀をひっくり返し、ごはんをばらまいたりすると、巴のまっ黒い瞳には、なにか、羞しげな色がみえる。頭をかしげ、尾を二三度ふっては、ひれで、ごはんをかきあつめようとする。内助は巴の背なかをなでてやる。

晩ごはんがすみ、内助は、着物のつぎ*をしながら、巴に話しかけた。

「おまえが、一番いいよ。針売の女なんかは、ずるくって、しようがないわ。ちょっとしたことでも、すぐ金をとる。この間は、大損したのさ。おかげで、おまえに、ご馳走もやれなかったしまつだ。おまえは、何をしても怒りはしない。そのうち、針仕事*でもおぼえて、つぎでもしてくれれば、助かるんだがなあ。おまえには無理だろうよ。そろそろ、向こうにいって寝るか――」

巴は、またたきもせず、*内助をみつめていた。内助の言葉が、すっかりわかる、顔つきである。話しかけるふうに、口を、うごかした。

「そう心配するんじゃない。おまえ一人ぐらいは、たべさしていけるよ。さあ、寝るとしよう」

つぎ　「継ぎ当て」とも。衣服などの破れた箇所に布を当てて繕うこと。
針仕事　裁縫のこと。
またたきもせず　鯉にはまぶたがない。

内助は、針仕事をかたづけ、巴を、池につれていこうと、だきあげる。巴は、からだをくねらし、内助の手のなかで、あばれまわるのだ。内助は、「おう、おう」とか「わかった、わかった」などと、なだめすかしながら、巴をつれて外にでる。外は曇り月夜だ。池の水が、にび色*に静まっている。内助は、空中に、巴を放してやる。巴は、からだを廻転させ、一瞬、内助の顔をちらとみた。音たてて水におち、水底の暗やみに姿をけす。

内助はがっかり気落ちがした。うちにはいり、ぼろをかぶって寝ても、独りでいるのが、ひどく物足りなかった。はやく巴が大きくなって、いっしょに寝るようになったら、こんな気持はなくなるだろう。巴も眠ったのか、池の水音もしない。あたりの深い静寂が、内助のもの悲しさを、重苦しくした。独り寝の重さであった。

こうして、内助と巴の生活が、十八年もつづいた。

巴は大きくなった。尾のさきから、頭まで、十四五の女くらいの背丈*がある。内助のいうことは、なんでもききわける。内助が、漁から帰ってくると、巴は付きっきりだ。夜はいっしょに寝る。夏は、巴のからだが、冷たいので、気持がよい。喉や鱗が、かわくのか、巴は、時々這いだして、水をのみ、背なかをぬらした。冬は、二つのからだが、ぼろにくるまっている。巴はぼろの中で、じっと動きもしない。内助は哀れになった。もっと、かわいがるには、どうしたらよいのだろう。巴の大きな胴を、だいてみる。いつまでも、暖まらないのが、ふびん*であった。春になり、巴の尾のふり方も、元気づき、胴をくねらすそぶりなど、内助には色気にみえてきた。

一夜、まっ暗ななかで、内助は巴をおかした。巴は声もださなかった。巴が、内助の胸に、すり寄ってきた。

十八年も、いっしょに活らしていながら、内部の冷たさを知ったのは、はじめてである。内助は、しんから*、なじむことができなかった。やめる気もなかった。独り身の内助は、その場その場で、巴との関係をつづけていった。

にび色　薄墨色。濃いグレー。

十四五の女くらいの背丈　『和漢三才図会』によれば、齢を重ねた鯉は三尺（約一メートル）を超えるという。

ふびん　あわれ。かわいそう。

しんから　「心から」。心の底から。

夜あけに、眼をさます。内助は、そばの巴の顔をみる。やはり満たされない気持だ。こちらがいうのを、よくききわけても、巴は口をきけない。泳ぐことができても、地面を走れはしない。それより、内部の冷たさが、内助のからだの中に、つき透るようなのだ。内助は、女の暖かさが、ほしくなった。

内助の活らしは、まえより、いくらかましになっていた。おなじ里の女との間に、縁談*がおき、内助は、待ってたように、その女を嫁にもらった。

人間の女は、よいものだ。女房は口をきく。女房は暖かい。内助には、思わぬ、もうけもの*のような気がする。巴をのぞいて見ようともしなくなった。巴は池の底にかくれ、ちらりとも顔をのぞけない。*もう巴は、内助の家族ではなくなった。内助に棄てられた女である。

夕方、内助は、女房を一人おいて、漁にでていった。

後片づけをしていると、*ぞくぞく寒気がした。我慢ができない。沼のほとり*のせいばかりで、冷えるのではないらしい。氷の壁でもあるように、からだのしんまで、しみてくる。

寒気はやまなかった。*

夜になっていた。

人のかけてくる足音もきかなかった。女房の寒気が、とっさに*烈しくなり、ふるえがとまらない。裏口から、一人の女*が、かけこんできた。女房はふるえながら、女から、眼をはなすことができないのだ。水色の着物をき、うえに、小波模様*のものを、ひっかけている。このへんでは、見られない、美しい顔である。まっ黒い眼を、またたきもしないで、*

縁談　結婚話。
もうけもの　予想外の利益や幸運。ラッキー。
のぞけない　覗かせない。
後片づけをしていると、……　以下に描かれるのは、内助の女房の怪異体験である。
ほとり　水際。岸辺。
寒気はやまなかった　水妖の接近によって、室温も異常に低下しているのだろうか。
とっさに　「咄嗟に」と表記。たちどころに。瞬時に。
一人の女が　民話の「鯉女房」などでは、漁師に命を救われた鯉が、人間の女の姿で漁師のもとに現われて妻となる例が多い（松谷みよ子『鯉にょうぼう』など）。そしてみずからの身から取った出汁で（！）美味な汁椀をつくるが、夫にその秘密を知られてしまい、水界に帰ってゆく。本篇では、鯉が人と化すのは女房に対するときだけで、内助の前では常に鯉の姿のままである点に留意。
小波模様　「小波文様」とも。水面が波立つ様子を表わした着物の模様。原典では「水色の着物に立浪のつきしを上に掛け」とある。「さざなみの」は琵琶湖を擁する近江国の枕詞。
またたきもしないで　大半の魚類はまたたきをしない。

ひくい声でいった。

「わたしという者のいるのを、おまえは知らないのか。わたしは、ずっと前から、内助どのとは深い馴染だよ。腹にはもう子までいるのだ。それを知りながら、またおまえを引きいれた。この恨はきっとはらしてみせる」

水色の女は、女房を、にらみつける。女房は声もでず、気が遠くなりそうだ。またたかない黒い眼が、氷のような冷たい光で、女房の眼をつらぬくのだ。

「おまえは、すぐに、親里へ帰るがよい。もしも――もしもこの家をでなかったら、三日のうちに、大波をおこし、家ぐるみ、沼の底に沈めてやるぞ。よいか――」

いい終ると、水色の女は、足音もなく、裏口から消えていった。どこかで、水を流すような、かすかな音がする。女房の背なかが、ぞっと冷たくなった。

内助がかえるまで、なにをしていたのか、覚えがない。さっきのままで、つっ立っていたのかもしれない。親の家にいきたいが、夜の道のどこかに、あの女が待ち伏せしている

馴染 馴れ親しんだ相手。長く連れ添った相手。

親里 実家。親もと。

にちがいない。動けなかった。

鼻唄をうたいながら、内助が、裏口から入ってきた。

「いまかえったよ。おまえ、なんだって、そんなところに、立ってるんだ。狐つき*みたいだぞ。ええい」

内助の声で、女房は力がぬけたように、くずれ折れ*、泣きだした。

「あんな綺麗なひとを、かくしていたのですか。どうして、あたしみたいなもの、貰ったのです。あたしは、明日かえります」

内助には、なんのことか、さっぱり見当*がつかないのだ。女房を、なだめすかした*。背中をさすってやる。胸をなでてやる。ようやく女房も泣きやみ、さっきの水色の着物の女の話をした。

くわしくきいても、覚えのない女は、思いだすことができない。

「なんだ、夢みたいな話じゃないか。この家のなかを見たら、わかりそうなものだ。そんな綺麗な女が、おれのところにくるものか。ほんとに夢でもみたんだろう」

「いいえ、はっきりこの眼で見て、声をききました」

「紅売り*や針売りの女とでも、間違えたんじゃないかね。針売りの女は、知っているよ。汚ないかかあ*だ。あのかかあが来るはずはない。ちゃんと、その時その時で、すましてあるんだからな。大方*、まぼろしだろうよ」

内助は、覚えがないから、しごく*のんきである。女房が、顔かたちや、着物の模様を、こまかに語ると、かえって嘘みたいに思えた。そんな女がいたらと、女房の顔をみつめるだけであった。

あくる日の夕方、内助は、いつものように、沼に出かけていく。小舟をこいで、沖にでようとする。にわかに、沖から波がわきたち、小舟をめがけて、おし寄せてきた。その波

狐つき　狐が人間に取り憑いて、奇怪な言動をなすこと。また、取り憑かれた人。

くずれ折れ　「頽れ折れ」と表記。くずれおちるように倒れこむこと。

見当　心当たり。

なだめすかした　怒りや悲しみに我を忘れている相手を落ち着かせて、機嫌を直させる。

紅売り　頬紅などを売り歩く行商人。

かかあ　「嬶」とも。自分の妻など、既婚の婦人に対して用いる卑俗な呼び方。

大方　おそらく。たぶん。

しごく　とても。きわめて。

のしたを、大きな生きものが、走ってくるようだ。もの凄く早い波が、いまにも小舟におそいかかり、内助もろとも、呑みこもうとする。浮き藻*のなかから頭をだしたと思うと、一匹の大鯉が、内助の小舟にとび乗ってきた。まっ黒い眼で、内助をみつめ、くびをかしげ、尾をふるのだ。

「おまえは、ともえじゃないか」

内助の声で、巴は、うれしげに胴をくねらせ、口をあいた。巴の口から、子どものようなものが、*舟板のうえにおちる。巴は尾で立ちあがり、舟べりを越し、沼の底に消えていった。

おそろしくなった内助は、そうそうに舟*をこぎかえった。巴の子をすてて置くわけにはいかない。頭はいくらか人のかたちに似*ているが、くびから下は、鯉であった。巴の子を、両手でにぎり、大急ぎで家にかえると、生簀をのぞいた。池には一匹の魚の影もない。内助は、大きなため息をつき、手をふった。内助の手のなかの、巴の子が、手をすべり、生簀の水におちる。水のなかで、ふしぎな形の魚が、ひらひらと泳ぎはじめた。*

家のなかには、女房の姿がなかった。

（「文學界」一九五三年四月号に〈メルヘン・からかさ神〉の一篇として掲載）

浮き藻　水面に浮いている藻や水草の類。

子どものようなものが　原典では「口より子の形なる物をはき出し失せける」。なお、魚が人間の子を産む類話では、『奇異雑談集』（一六八七）巻二の五「伊勢の浦の小僧、円魚の子の事」が有名。伊勢国（現在の三重県）の漁村で、エイが漁師の子を産み落とし、長じて寺の小僧になったという奇談で、西鶴の原話の一典拠と見る向きもある。

そうそうに　はやばやと。急いで。

頭はいくらか人のかたちに……　人魚の伝承や「人面魚」の都市伝説を思わせる。

ひらひらと泳ぎはじめた　原典では、巴が口から吐き出した子を、内助がどう扱ったのかや、女房の去就については何も書かれていない。原典の結語は次のとおり。「『惣じて生類を深く手馴れる事なかれ』と、その里人の語りぬ。」（「なんであれ、生き物を深く可愛がりすぎるのはよくない」と、その里の人々は語った）

片腕

川端康成

「片腕を一晩お貸ししてもいいわ。」と娘は言った。そして右腕を肩からはずすと、それを左手に持って私の膝においた。

「ありがとう。」と私は膝を見た。娘の右腕のあたたかさ*が膝に伝わった。

「あ、指輪をはめておきますわ。あたしの腕ですというしるしにね。」と娘は笑顔で左手を私の胸の前にあげた。「おねがい……。」

左片腕になった*娘は指輪を抜きとることがむずかしい。

「婚約指輪じゃないの？」*と私は言った。

「そうじゃないの。母の形見*なの。」

小粒のダイヤをいくつかならべた白金*の指輪であった。

「あたしの婚約指輪と見られるでしょうけれど、それでもいいと思って、はめているんです。」と娘は言った。「いったんこうして指につけると、はずすのは、母と離れてしまうようでさびしいんです。」

私は娘の指から指輪を抜きとった。そして私の膝の上にある娘の腕を立てると、紅差し指*にその指輪をはめながら、「この指でいいね？」

「ええ。」と娘はうなずいた。「そうだわ。肘や指の関節がまがらないと、突っぱったままでは、せっかくお持ちいただいても、義手*みたいで味気ない*でしょう。動くようにしておきますわ。」そう言うと、私の手から自分の右腕を取って、肘に軽く唇をつけた。指のふしぶしにも軽く唇をあてた。

「これで動きますわ。」

娘の右腕のあたたかさ　「鯉の巴」における、一連の「冷たさ」の描写とは対照的である。

左片腕になった　（右腕をはずして）左腕だけになった。

婚約指輪じゃないの？　「私」と「娘」との関係を暗示するくだりである。初対面か、それに近い間柄と想像される。

形見　遺品。想い出の品。

白金　プラチナ（platinum）。灰白色で鮮明な光沢を放つ貴金属。理化学用の器械や装飾品などに用いられる。

紅差し指　薬指の異称。化粧で紅をつけるときに用いることから。

義手　失った手の機能を補うために装着される、人工の手。

味気ない　つまらない。面白くない。

「ありがとう。」私は娘の片腕を受けとった。「この腕、ものも言うかしら？　話をしてくれるかしら？」

「腕は腕だけのことしかできないでしょう。もし腕がものを言うようになったら、返していただいた後で、あたしがこわいじゃありませんの。でも、おためしになってみて……。やさしくしてやっていただけば、お話を聞くぐらいのことはできるかもしれませんわ。」

「やさしくするよ。」

「行っておいで。」と娘は心を移すように、私が持った娘の右腕に左手の指を触れた。「一晩だけれど、このお方のものになるのよ。」

そして私を見る娘の目は涙が浮かぶのをこらえているようであった。

「お持ち帰りになったら、あたしの右腕を、あなたの右腕と、つけ替えてごらんになるようなことを……。」と娘は言った。「なさってみてもいいわ。」

「ああ、ありがとう。」

私は娘の右腕を雨外套*のなかにかくして、もや*の垂れこめた夜の町を歩いた。電車やタクシイに乗れば、あやしまれそうに思えた。娘のからだを離された腕がもし泣いたり、声を出したりしたら、騒ぎである。

私は娘の腕のつけ根の円みを、右手で握って、左の胸にあてがっていた。その上を雨外套でかくしているわけだが、ときどき、左手で雨外套をさわって娘の腕をたしかめてみないではいられなかった。それは娘の腕をたしかめるのではなくて、私のよろこびをたしかめるしぐさであっただろう。

娘は私の好きなところから自分の腕をはずしてくれていた。腕のつけ根であるか、肩のはしであるか、そこにぷっくりと円みがある。西洋の美しい細身の娘にある円みで、日本の娘には稀れである。それがこの娘にはあった。ほのぼのとういういしい光りの球形のように、清純で優雅な円みである。娘が純潔*を失うと間もなくその円みの愛らしさも鈍ってしまう。たるんでしまう。美しい娘の人生にとっても、短いあいだの美しい円みである。それがこの娘にはあった。肩のこの可憐な円みから娘のからだの可憐なすべてが感じられる。胸の円みもそう大きくなく、手のひらにはいって、はにかみながら＊吸いつくような固さ、やわらかさだろう。娘の肩の円みを見ていると、私には娘の歩く脚も見えた。細身の小鳥の軽やかな足のように、蝶が花から花へ移るように、娘は足を運ぶだろう。そのようにこまかな旋律は＊接吻する舌のさきにもあるだろう。

袖なしの女服＊になる季節で、娘の肩は出たばかりであった。あらわに空気と触れることにまだなれていない肌の色であった。春のあいだにかくれながらうるおって、夏に荒れる前のつぼみのつやであった。私はその日の朝、花屋で泰山木＊のつぼみを買ってガラスびんに入れておいたが、娘の肩の円みはその泰山木の白く大きいつぼみのようであった。娘の

雨外套　雨模様のとき、洋服の上に着用する衣類。レイン・コート。

もや　「靄」と表記。微細な水滴が大気中に低くたちこめたもの。水平方向の視程（見透し）が一キロメートル以上を「靄」、それ未満の場合を「霧」と呼んでいる。

純潔　性的に無垢であること。未経験なこと。

はにかみながら　恥ずかしがりながら。

こまかな旋律は……　「緑衣の少女」の音律に長けたヒロインのたたずまいと響き交わすくだりである。

袖なしの女服　ノースリーブのこと。

泰山木　マグノリア（Magnolia）。モクレン科の常緑高木。北米原産。初夏に白色で強い芳香のある大輪の花をつける。夏の季語。

服は袖がないというよりなお首の方にくり取って*あった。腕のつけ根の肩はほどよく出ていた。服は黒っぽいほど濃い青の絹で、やわらかい照り*があった。このような円みの肩にある娘は背にふくらみがある。撫で肩*のその円みが背のふくらみとゆるやかな波を描いている。やや斜めのうしろから見ると、肩の円みから細く長めな首をたどる肌が搔きあげた襟髪*でくっきり切れて、黒い髪が肩の円みに光る影を映しているようであった。

こんな風に私がきれいと思うのを娘は感じていたらしく、肩の円みをつけたところから右腕をはずして、私に貸してくれたのだった。

雨外套のなかでだいじに握っている娘の腕は、私の手よりも冷たかった。心おどり*に上気*している私は手も熱いのだろうが、その火照り*が娘の腕に移らぬことを私はねがった。娘の腕は娘の静かな体温のままであってほしかった。また手のなかのものの少しの冷たさは、そのもののいとしさを私に伝えた。人にさわられたことのない娘の乳房のようであった。

雨もよい*の夜のもやは濃くなって、帽子のない私の頭の髪がしめってきた。表戸をとざした薬屋の奥からラジオが聞えて、ただ今、旅客機が三機もやのために着陸できなくて、飛行場の上を三十分も旋回しているとの放送だった。こういう夜は湿気で時計が狂う*から、ラジオはつづいて各家庭の注意をうながしていた。またこんな夜に時計のぜんまいをぎりぎりいっぱいに巻くと湿気で切れやすいと、ラジオは言っていた。私は旋回している飛行機の燈が見えるかと空を見あげたが見えなかった。空はありはしない。たれこめた湿気が耳にまではいって、たくさんのみみずが遠く*に這うようなしめった音がしそうだ。ラジオはなおなにかの警告を聴取者に与えるかしらと、私は薬屋の前に立っていると、動物園のライオンや虎や豹などの猛獣が湿気を憤って吠える、それを聞かせるとのことで、

くり取って　(襟まわりの生地を) 深く刳り抜いて。
照り　光沢。
撫で肩　なでおろしたように、なだらかな形の肩。
襟髪　首の後ろ側の髪。襟もとや首の後方を指す場合も。
心おどり　気持ちがはずむ。浮き立つ。
上気　昂奮して、のぼせること。
火照り　のぼせて、顔や手が熱くなること。
雨もよい　「雨催い」。今にも雨が降りそうな空模様。

湿気で時計が狂う　現在の電気時計とは違って、ぜんまいで動く機械時計に特有の現象。
たくさんのみみずが……　読者の意表を突く、しかし絶妙で妖しい形容。若き日の作者が新感覚派（横光利一、川端康成、片岡鉄兵、中河与一ら、大正末から昭和初頭にかけて勃興した文学流派。西欧の前衛芸術運動の影響下、暗喩などを多用する感覚的な文体を特色とした）の一員であったことを思い出させるようなレトリックである。

動物のうなり声が地鳴りのようにひびいて来た。ラジオはそのあとで、こういう夜は、妊婦や厭世家などは、早く寝床へはいって静かに休んでいてくださいと言った。またこういう夜は、婦人は香水をじかに肌につけると匂いがしみこんで取れなくなりますと言った。

猛獣のうなり声が聞えた時に、私は薬屋の前から歩きだしていたが、香水についての注意まで、ラジオは私を追ってきた。猛獣たちが憤るうなりは私をおびやかしたので、娘の腕にもおそれが伝わりはしないかと、私は薬屋のラジオの声を離れたのであった。娘は妊婦でも厭世家でもないけれども、私に片腕を貸してくれて片腕になった今夜は、やはりラジオの注意のように、寝床で静かに横たわっているのがいいだろうと、私には思われた。片腕の母体である娘が安らかに眠っていてくれることをのぞんだ。

通りを横切るのに、私は左手で雨外套の上から娘の腕をおさえた。車の警笛が鳴った。脇腹に動くものがあって私は身をよじった。娘の腕が警笛におびえてか指を握りしめたのだった。

「心配ないよ。」と私は言った。「車は遠いよ。見通しがきかないので鳴らしているだけだよ。」

私はだいじなものをかかえているので、道のあとさき*をよく見渡してから横切っていたのである。その警笛も私のために鳴らされたとは思わなかったほどだが、車の来る方をながめると人影はなかった。その車は見えなくて、ヘッド・ライトだけが見えた。その光りはぼやけてひろがって薄むらさきであった。めずらしいヘッド・ライトの色だから、私は道を渡ったところに立って、車の通るのをながめた。朱色の服の若い女が運転していた。女は私の方を向いて頭をさげたようである。とっさに私は娘が右腕を取り返しに来たのかと、背を向けて逃げだしそうになったが、左の片腕だけで運転できるはずはない。しかし車の女は私が娘の片腕をかかえていると見やぶったのではなかろうか。娘の腕と同性の女の勘である。私の部屋へ帰るまで女には出会わぬように気をつけなければなるまい。女の

動物のうなり声が…… 街角のラジオ放送は、次第に幻妖の度を増してゆく。

妊婦や厭世家などは…… 次の香水のくだりともども、公共放送にしては、あまりにも不自然で異様な内容であろう。

あとさき 前方と後方。

車はうしろのライトも薄むらさきであった。やはり車体は見えなくて、灰色のもやのなかを、薄むらさきの光りがぼうっと浮いて遠ざかった。

「あの女はなんのあてもなく車を走らせて、ただ車を走らせるために走らせずにはいられなくて、走らせているうちに、姿が消えてなくなってしまうのじゃないかしら……。」と私はつぶやいた。「あの車、女のうしろの席には*なにが坐っていたのだろう。」

なにも坐っていなかったようだ。なにも坐っていないのを不気味に感じるのは、私が娘の片腕をかかえていたりするからだろうか。あの女の車にもしめっぽい夜のもやは乗せていた。そして女のなにかが車の光りのさすもやを薄むらさきにしていた。女のからだが紫色の光りを放つことなどあるまいとすると、なにだったのだろうか。こういう夜にひとりで車を走らせている若い女が虚しいものに思えたりするのも、私のかくし持った娘の腕のせいだろうか。女は車のなかから娘の片腕に会釈したのだったろうか。こういう夜には、女性の安全を見まわって歩く天使か妖精があるのかもしれない。あの若い女は車に乗っていたのではなくて、紫の光りに乗っていたのかもしれない。虚しいどころではない。

私の秘密を見すかして行った。

しかしそれからは一人の人間にも行き会わないで、私はアパアトメント*の入口に帰りついた。扉のなかのけはいをうかがって立ちどまった。頭の上に螢火*が飛んで消えた。螢の火にしては大き過ぎ強過ぎると気がつくと、私はとっさに*四五歩後ずさりしていた。また螢のような火が二つ三つ飛び流れた。その火は濃いもやに吸いこまれるよりも早く消えてしまう。人魂*か鬼火*のようになにものかが私の先きまわりをして、帰りを待ちかまえてい

あの車、女のうしろの席には……　いわゆる「タクシー幽霊」の怪談（雨の夜、女性の独り客を乗せたはずが、いつのまにか姿が消えて、シートが濡れている……など。東日本大震災の被災地でも話題になったことは記憶に新しい）を髣髴させるくだりである。ちなみに川端は本篇に先立って、鎌倉と逗子の間にある有名な心霊スポットにまつわる怪談小説「無言」（一九五三）を手がけている。「トンネルの手前に火葬場があって、近ごろは幽霊が出るという噂もある。夜なかに火葬場の下を通る車に、若い女の幽霊が乗って来るというのだ」「いつ乗るのかわからない。運転手がなんだか妙な気がして振りかえると、若い女が一人乗ってるんです。そのくせ、バック・ミラアにはうつってないんですよ」（「無言」より）

アパアトメント　アパートメント・ハウス（apartment house）の略。アパート。集合住宅。

螢火　ホタルの腹端が発する青白く明滅する光。

とっさに　35頁を参照。

人魂　夜道や墓場などで目撃される青白い火の玉。死者の魂とされる。

鬼火　陰火、狐火などとも。湿気の多い場所で目撃される怪しい炎。幽霊や妖怪の出現と関連づけられたり、燐が燃えるのだともいわれるが、その正体は解明されていない。

るのか。しかしそれが小さい蛾の群れであるとすぐにわかった。蛾のつばさが入口の電燈の光りを受けて螢火のように光るのだった。螢火よりは大きいけれども、螢火と見まがうほどに蛾としては小さかった。

私は自動のエレベエタアも避けて、狭い階段をひっそり三階へあがった。左利きでない私は、右手を雨外套のなかに入れたまま左手で扉の鍵をあけるのは慣れていない。気がせくとなお手先きがふるえて、それが犯罪のおののきに似てこないか。部屋のなかになにかがいそうに思える。私のいつも孤独の部屋であるが、孤独ということは、なにかがいることではないのか。娘の片腕と帰った今夜は、ついぞなく私は孤独ではないが、そうすると、部屋にこもっている私の孤独が私をおびやかすのだった。

「先きにはいっておくれよ。」私はやっと扉が開くと言って、娘の片腕を雨外套のなかから出した。「よく来てくれたね。これが僕の部屋だ。明りをつける。」

「なにかこわがっていらっしゃるの?」と娘の腕は言ったようだった。「だれかいるの?」

「ええっ? なにかいそうに思えるの?」

「匂いがするわ。」

「匂いね？　僕の匂いだろう。暗がりに僕の大きい影が薄ぼんやり立っていやしないか。よく見てくれよ。僕の影が僕の帰りを*待っていたのかもしれない。」

「あまい匂いですのよ。」

「ああ、泰山木の花の匂いだよ。」と私は明るく言った。私の不潔で陰湿な孤独の匂いでなくてよかった。泰山木のつぼみを生けて*おいたのは、可憐な客を迎えるのに幸いだった。私は闇に少し目がなれた。真暗だったところで、どこになにがあるかは、毎晩のなじみ*でわかっている。

「あたしに明りをつけさせてください。」娘の腕が思いがけないことを言った。「はじめて

エレベエタア　エレベーター（elevator）。昇降機。
おののき　戦き。怖れてふるえる。
ついぞなく　かつてなく。今までになく。
私の孤独が私をおびやかす　離魂病（魂が肉体から抜け出して、同じ人間の姿で現われると考えられた病気）もしくはドッペルゲンガー（自己像幻視）妄想というべきか。人魂や鬼火への言及が呼び水となっていることに留意。
僕の影が僕の帰りを……　離魂病やドッペルゲンガーが、日本では「影の煩い」と呼ばれたことを想起させるくだりである。
生けて　花や枝を器に入れて飾ること。
なじみ　習慣。

うかがったお部屋ですもの。」

「どうぞ。それはありがたい。僕以外のものがこの部屋の明りをつけてくれるのは、まったくはじめてだ。」

私は娘の片腕を持って、手先きが扉の横のスイッチにとどくようにした。天井の下と、テエブルの上と、ベッドの枕もとと、台所と、洗面所のなかと、五つの電燈がいち時についた。私の部屋の電燈はこれほど明るかったのかと、私の目は新しく感じた。*

ガラスびんの泰山木が大きい花をいっぱいに開いていた。今朝はつぼみであった。開いて間もないはずなのに、テエブルの上にしべ*を落ち散らばらせていた。それが私はふしぎで、白い花よりもこぼれたしべをながめた。しべを一つ二つつまんでながめていると、テエブルの上においた娘の腕が指を尺取虫*のように伸び縮みさせて動いてきて、しべを拾い集めた。私は娘の手のなかのしべを受けとると、屑籠へ捨てに立って行った。

「きついお花の匂いが肌にしみるわ。助けて……。」と娘の腕が私を呼んだ。

「ああ。ここへ来る道で窮屈な目にあわせて、くたびれただろう。しばらく静かにやすみなさい。」と私はベッドの上に娘の腕を横たえて、私もそばに腰をかけた。そして娘の腕をやわらかくなでた。

「きれいで、うれしいわ。」娘の腕がきれいと言ったのは、ベッド・カバァのことだろう。水色の地に三色の花模様があった。孤独の男には派手過ぎるだろう。「このなかで今晩おとまりするのね。おとなしくしていますわ。」

「そう?」

「おそばに寄りそって、おそばになんにもいないようにしてますわ。」

そして娘の手がそっと私の手を握った。娘の指の爪はきれいにみがいて薄い石竹色*に染めてあるのを私は見た。指さきより長く爪はのばしてあった。

私の短くて幅広くて、そして厚ごわい*爪に寄り添うと、娘の爪は人間の爪でないかのよ

新しく感じた　新鮮に感じた。
しべ　花のおしべとめしべ。花蕊。
尺取虫　エダシャクなどシャクガ科の昆虫の幼虫。細長い体の腹と尾に二対の脚しかないため、物の長さをはかるときの指の動きのような独特の歩き方をする。
石竹色　セキチクの花のような淡紅色。薄いピンク色。
厚ごわい　厚みがあって固くごわごわした。

うに、ふしぎな形の美しさである。女はこんな指の先きでも、人間であることを超克*しようとしているのか。あるいは、女であることを追究しようとしているのか。うち側のあやに*光る貝殻、つやのただよう花びらなどと、月並みな形容が浮かんだものの、たしかに娘の爪に色と形の似た貝殻や花びらは、今私には浮かんでこなくて、娘の手の指の爪は娘の手の指の爪でしかなかった。脆く*小さい貝殻や薄く小さい花びらよりも、この爪の方が透きとおるように見える。そしてなによりも、悲劇の露と思える。娘は日ごと夜ごと、女の悲劇の美をみがくことに丹精*をこめてきた。それが私の孤独にしみる。私の孤独が娘の爪にしたたって、悲劇の露とするのかもしれない。

　私は娘の手に握られていない方の手の、人差し指に娘の小指をのせて、その細長い爪を親指の腹でさすりながら見入っていた。いつとなく*私の人差し指は娘の爪の庇*にかくれた、小指のさきにふれた。ぴくっと娘の指が縮まった。肘もまがった。

「あっ、くすぐったいの?」と私は娘の片腕に言った。「くすぐったいんだね。」

うかつ*なことをつい口に出したものである。爪を長くのばした女の指さきはくすぐったいものと、私は知っている、つまり私はこの娘のほかの女をかなりよく知っていると、娘の片腕に知らせてしまったわけである。

私にこの片腕を一晩貸してくれた娘にくらべて、ただ年上というより、もはや男に慣れた*という方がよささうな女から、このような爪にかくれた指さきはくすぐったいのを、私は前に聞かされたことがあったのだ。長い爪のさきでものにさわるのが習わしになっていて、指さきではさわらないので、なにかが触れるとくすぐったいと、その女は言った。

「ふうん。」私は思わぬ発見におどろくと、女はつづけて、

「食べものごしらえ*でも、食べるものでも、なにかちょっと指さきにさわると、あっ、不潔っと、肩までふるえが来ちゃうの。そうなのよ、ほんとうに……。」

超克　何かに打ち克ち、乗り越えようとすること。
あやに　多彩な形と色合いの模様をなして。
脆く　壊れやすく繊細なさま。
丹精　まごころ。心を尽くして丁寧にするさま。
いつとなく　いつのまにか。

廂　ここでは、爪が指先よりも伸びている部分のこと。
うかつ　「迂闊」と表記。不注意なこと。うっかり。
男に慣れた　男性経験が豊富な。
食べものごしらえ　調理すること。

不潔とは、食べものが不潔になるというのか、爪さきが不潔になるというのか。おそらく、指さきになにがさわっても、女は不潔感にわななく*のであろう。女の純潔の悲劇の露が、長い爪の陰にまもられて、指さきにひとしずく残っている。

女の手の指さきを大いにさわりたくなった、誘惑は自然であったけれども、私はそれだけはしなかった。私自身の孤独がそれを拒んだ。からだのどこかにさわられてもくすぐったいところは、もうほとんどなくなっているような女であった。

片腕を貸してくれた娘には、さわられてくすぐったいところが、からだじゅうにあまた*あるだろう。そういう娘の手の指さきをくすぐっても、私は罪悪とは思わなくて、愛玩*と思えるかもしれない。しかし娘は私にいたずらをさせるために、片腕を貸してくれたのではあるまい。私が喜劇にしてはいけない。

「窓があいている。」と私は気がついた。ガラス戸はしまっているが、カアテン*があいている。

「なにかがのぞくの?」と娘の片腕が言った。

「のぞくとしたら、人間だね。」

「人間がのぞいても、あたしのことは見えないわ。* のぞき見するものがあるとしたら、あなたの御自分でしょう。」

「自分……? 自分てなんだ。自分はどこにあるの?」

「自分は遠くにあるの。*」と娘の片腕はなぐさめの歌のように、「遠くの自分をもとめて、人間は歩いてゆくのよ。」

「行き着けるの?」

「自分は遠くにあるのよ。」娘の腕はくりかえした。

ふと私には、この片腕とその母体の娘とは無限の遠さにあるかのように、感じられた。この片腕は遠い母体のところまで、はたして帰りつけるのだろうか。私はこの片腕を遠い

わななく 「戦慄く」と表記。怖ろしさや不安のあまり、心身がふるえること。
あまた たくさん。数多く。
愛玩 もてあそんで愉しむこと。大切に可愛がること。
カアテン カーテン(curtain)。窓掛け。
あたしのことは見えないわ 娘の片腕の正体を暗示するような言葉である。
自分は遠くにあるの 離魂病的なモチーフとの関わりに留意。

娘のところまで、はたして返しに行きつけるのだろうか。娘の片腕が私を信じて安らかなように、母体の娘も私を信じてもう安らかに眠っているだろうか。右腕のなくなったための違和*、また凶夢*はないか。娘は右腕に別れる時、目に涙が浮かぶのをこらえていたようではなかったか。片腕は今私の部屋に来ているが、娘はまだ来たことがない。

窓ガラスは湿気に濡れ曇っていて、蟾蜍*の腹皮を張ったようだ。霧雨を空中に静止させたようなもやで、窓のそとの夜は距離を失い、無限の距離につつまれていた。家の屋根も見えないし、車の警笛も聞えない。

「窓をしめる。」と私はカアテンを引こうとすると、カアテンもしめっていた。窓ガラスに私の顔がうつっていた。私のいつもの顔より若いかに*見えた。しかし私はカアテンを引く手をとどめなかった。私の顔は消えた。

ある時、あるホテルで見た、九階の客室の窓がふと私の心に浮かんだ。裾のひらいた赤い服の幼い女の子が二人、窓にあがって遊んでいた。同じ服の同じような子だから、ふた子かもしれなかった。西洋人の子どもだった。二人の幼い子は窓ガラスを握りこぶしでたたいたり、窓ガラスに肩を打ちつけたり、相手を押しあったりしていた。母親は窓に背を向けて、編みものをしていた。窓の大きい一枚ガラスがもしわれるかはずれか*したら、幼い子は九階から落ちて死ぬ。あぶないと見たのは私で、二人の子もその母親もまったく無心*であった。しっかりした窓ガラスに危険はないのだった。

カアテンを引き終わって振りむくと、ベッドの上から娘の片腕が、

「きれいなの。」と言った。カアテンがベッド・カバァと同じ花模様の布だからだろう。

「そう? 日にあたって色がさめた*。もうくたびれているんだよ。」私はベッドに腰かけて、娘の片腕を膝にのせた。「きれいなのは、これだな。こんなきれいなものはないね。」

そして、私は右手で娘のたなごころ*と握りあわせ、左手で娘の腕のつけ根を持って、ゆ

違和 身体の調和がそこなわれること。しっくりいかないこと。ちぐはぐ。
凶夢 不吉な夢。まがまがしい悪夢。
蟾蜍 ガマガエル。日本各地に分布する大型のカエル。黒褐色の背面に多数のイボがあることからイボガエルとも呼ばれる。動作は鈍重で、夜間に活動し、舌で昆虫を捕食する。夏の季語。
若いかに 若いように。
はずれか はずれるか。
無心 何も考えていないこと。思慮や邪念のないこと。
さめた 褪せた。薄れた。
たなごころ 掌。

っくりとその腕の肘をまげてみたり、のばしてみたりした。くりかえした。

「いたずらっ子ねえ。」と娘の片腕はやさしくほほえむように言った。「こんなことなさって、おもしろいの？」

「いたずらなもんか。おもしろいどころじゃない。」ほんとうに娘の腕には、ほほえみが浮かんで、そのほほえみは光りのように腕の肌をゆらめき流れた。娘の頰のみずみずしいほほえみとそっくりであった。

私は見て知っている。娘はテエブルに両肘を突いて、両手の指を浅く重ねた上に、あごをのせ、また片頰をおいたことがあった。若い娘としては品のよくない姿のはずだが、突くとか重ねるとか置くとかいう言葉はふさわしくない、軽やかな愛らしさである。腕のつけ根の円みから、手の指、あご、頰、耳、細長い首、そして髪までが一つになって、楽曲のきれいなハアモニイである。*娘はナイフやフォウクを上手に使いながら、*それを握った指のうちの人差し指と小指とを、折りまげたまま、ときどき無心にほんの少し上にあげる。食べものを小さい唇に入れ、嚙んで、呑みこむ、この動きも人間がものを食っている感じではなくて、手と顔と咽とが愛らしい音楽をかなでていた。娘のほほえみは腕の肌にも照り流れるのだった。

娘の片腕がほほえむと見えたのは、その肘を私がまげたりのばしたりするにつれて、娘の細く張りしまった腕の筋肉が微妙な波に息づくので、微妙な光りとかげとが腕の白くなめらかな肌を移り流れるからだ。さっき、私の指が娘の長い爪のかげの指さきにふれて、ぴくっと娘の腕が肘を折り縮めた時、その腕に光りがきらめき走って、私の目を射たものだった。それで私は娘の肘をまげてみているので、決していたずらではなかった。肘をまげ動かすのを、私はやめて、のばしたままじっと膝においてながめても、娘の腕にはういういしい光りとかげとがあった。

「おもしろいいたずらというなら、僕の右腕とつけかえてみてもいいって、ゆるしを受け

ハアモニイ　ハーモニー（harmony）。音楽における和音の連なり。娘の身体のさまざまな部位のたたずまいや動きを、愛らしい音楽にたとえている。「緑衣の少女」と響き交わす描写である。
フォウク　フォーク（fork）。

てきたの、知ってる？」と私は言った。

「知ってますわ。」と娘の右腕は答えた。

「それだっていたずらじゃないんだ。僕は、なんかこわいね。」

「そう？」

「そんなことしてもいいの？」

「いいわ。」

「……………。」私は娘の腕の声を、はてなと耳に入れて、「いいわ、って、もう一度……。」

「いいわ。いいわ。」

私は思いだした。私に身をまかせようと覚悟をきめた、ある娘の声に似ているのだ。片腕を貸してくれた娘ほどには、その娘は美しくなかった。そして異常であったかもしれない。

「いいわ。」とその娘は目をあけたまま私を見つめた。私は娘の上目ぶたをさすって、閉じさせようとした。娘はふるえ声で言った。

「（イエスは涙をお流しになりました＊。《ああ、なんと、彼女を愛しておいでになったことか。》とユダヤ人たちは言いました。）」

「……。」

「彼女」は「彼」の誤りである。死んだラザロ＊のことである。女である娘は「彼」を「彼女」とまちがえておぼえていたのか、あるいは知っていて、わざと「彼女」と言い変えたのか。

はてな　あやしんだり、当惑したときに発する言葉。

イエスは涙をお流しに……　『ヨハネ福音書』第十一章第三十五節～第三十六節より。ただし、作中にもあるように、原典では「彼女」ではなく「ラザロ」である。

死んだラザロ　ラザロ（Lazarus）は、エルサレム郊外のベタニアの住人で、イエスの親しい友。ラザロが病に倒れたという知らせをうけたイエスは、弟子たちとベタニアに向かうが、ラザロはすでに四日前に葬られていた。イエスは愛する友の死を悲しみ、涙を流す。そして墓所である洞穴の前に立ち、「ラザロ、出て来なさい」と大声で呼びかけた。すると死んだラザロが、手足も顔も布で巻かれたまま外に出てきた。イエスは人々に、「ほどいてやって、行かせなさい」と言われた。（『ヨハネ福音書』第十一章第一節～第四十五節）このラザロ蘇生のくだりは、ロシアの文豪ドストエフスキーの長篇『罪と罰』において、主人公のラスコーリニコフが自白を決意する重要なシーンで朗読されることでも有名である。また、同じく十九世紀末ロシアの作家アンドレーエフの短篇「ラザルス」は、死から蘇った後のラザロがたどる数奇で陰鬱な運命を幽暗な筆致で描いた、元祖ゾンビ小説として印象深い（東雅夫「ラザロの裔——生ける死者たちの文学誌」参照／洋泉社版『ゾンビ映画大事典』所収）。

私は娘のこの場にあるまじい、*唐突で奇怪な言葉に、あっけにとられた。*娘のつぶった目ぶたから涙が流れでるかと、私は息をつめて見た。

娘は目をあいて胸を起こした。その胸を私の腕が突き落とした。

「いたいっ。」と娘は頭のうしろに手をやった。「いたいわ。」

白いまくらに血が小さくついていた。私は娘の髪をかきわけてさぐった。血のしずくがふくらみ出ているのに、私は口をつけた。

「いいのよ。血はすぐ出るのよ、ちょっとしたことで。」娘は毛ピン*をみな抜いた。毛ピンが頭に刺さったのであった。

娘は肩が痙攣*しそうにしてこらえた。

私は女の身をまかせる気もちがわかっているようながら、*納得しかねるものがある。身をまかせるのをどんなことと、女は思っているのだろうか。自分からそれを望み、あるいは自分から進んで身をまかせるのは、なぜなのだろうか。女のからだはすべてそういう風にできていると、私は知ってからも信じかねた。この年になっても、私はふしぎでならない。そしてまた、女のからだと身をまかせようとは、ひとりひとりちがうと思えばちがうし、似ていると思えば似ているし、みなおなじと思えばおなじである。これも大きいふしぎではないか。私のこんなふしぎがりようは、年よりもよほど幼い憧憬かもしれないし、年よりも老けた失望かもしれない。心のびっこではないだろうか。

その娘のような苦痛が、身をまかせるすべての女にいつもあるものではなかった。その

あるまじい　あるまじき。あってはならない。
あっけにとられた　意外な出来事に直面して驚き呆れた。呆然とした。
毛ピン　ヘアピン。髪の毛をまとめて、とめるためのピン。
痙攣　筋肉などが発作的に収縮を繰りかえすこと。
わかっているようながら　分かっているようでいて。
身をまかせよう　身のまかせ方。
ふしぎがりよう　不思議がり方。
憧憬　あこがれ。
びっこ　「跛」と表記。足の故障や障害によって、歩行のバランスがとれない状態。また、その人。ここでは不安定な心理状態のこと。

娘にしてもあの時きりであった。銀のひもは切れ、金の皿はくだけた。*

「いいわ。」と娘の片腕の言ったのが、私にその娘を思いださせたのだけれども、片腕のその声とその娘の声とは、はたして似ているのだろうか。おなじ言葉を言ったので、似ているように聞えたのではなかったか。おなじ言葉を言ったにしても、それだけが母体を離れて来た片腕は、その娘とちがって自由なのではないか。またこれこそ身をまかせたというもので、片腕は自制*も責任も悔恨*もなくて、なんでもできるのではないか。しかし、「いいわ。」と言う通りに、娘の右腕を私の右腕とつけかえたりしたら、母体の娘は異様な苦痛におそわれそうにも、私は思えた。

私は膝においた娘の片腕をながめつづけていた。肘の内側にほのかな光りのかげがあった。それは吸えそうであった。私は娘の腕をほんの少しまげて、その光りのかげをためると、それを持ちあげて、脣をあてて吸った。

「くすぐったいわ。いたずらねえ。」と娘の腕は言って、脣をのがれるように、私の首に抱きついた。

「いいものを飲んでいたのに……。」と私は言った。

「なにをお飲みになったの？」

「………。」

「なにをお飲みになったの？」

「光りの匂いかな、肌の。」

そとのもやはなお濃くなっているらしく、花びんの泰山木の葉までしめらせて来るようであった。ラジオはどんな警告を出しているだろう。私はベッドから立って、テエブルの上の小型ラジオの方に歩きかけたがやめた。娘の片腕に首を抱かれてラジオを聞くのはよけいだ。しかし、ラジオはこんなことを言っているように思われた。たちの悪い湿気で木

銀のひもは切れ、金の皿はくだけた　旧約聖書の『コヘレトの言葉』（『伝道の書』とも）第十二章第六節より。「彼らはまた高いものを恐れる。恐ろしいものが道にあり、あめんどうは花咲き、いなごはその身をひきずり歩き、その欲望は衰え、人が永遠の家に行こうとするので、泣く人が、ちまたを歩きまわる。その後、銀のひもは切れ、金の皿は砕け、水がめは泉のかたわらで破れ、車は井戸のかたわらで砕ける。」（日本聖書協会版『コヘレトの言葉』第十二章第五節〜第六節）

自制　みずから感情や欲望を抑えること。

悔恨　後悔すること。

の枝が濡れ、小鳥のつばさや足も濡れ、小鳥たちはすべり落ちていて飛べないから、公園などを通る車は小鳥をひかぬように気をつけてほしい。もしなまあたたかい風が出ると、もやの色が変わるかもしれない。色の変わったもやは有害で、それが桃色になったり紫色になったりすれば、外出はひかえて、戸じまりをしっかりしなければならない。

「もやの色が変わる? 桃色か紫色に?」と私はつぶやいて、窓のカアテンをつまむと、そとをのぞいた。もやがむなしい重みで押しかかって来るようであった。夜の暗さとはちがう薄暗さが動いているようなのは、風が出たのであろうか。もやの厚みは無限の距離がありそうだが、その向こうにはなにかすさまじいものが渦巻*いていそうだった。

さっき、娘の右腕を借りて帰る道で、朱色の服の女の車が、前にもうしろにも、薄むらさきの光りをもやのなかに浮かべて通ったのを、私は思いだした。紫色であった。もやのなかからぼうっと大きく薄むらさきの目玉が迫って来そうで、私はあわててカアテンをはなした。

「寝ようか。僕らも寝ようか。」

この世に起きている人はひとりもないようなけはいだった。こんな夜に起きているのはおそろしいことのようだ。

私は首から娘の腕をはずしてテエブルにおくと、新しい寝間着に着かえた。寝間着はゆかたであった。娘の片腕は私が着かえるのを見ていた。私は見られているはにかみ*を感じた。この自分の部屋で寝間着に着かえるところを女に見られたことはなかった。

娘の片腕をかかえて、私はベッドにはいった。娘の腕の方を向いて、胸寄りにその指を軽く握った。娘の腕はじっとしていた。

小雨のような音がまばらに聞えた。もやが雨に変わったのではなく、もやがしずくになって落ちるのか、かすかな音であった。*

娘の片腕は毛布のなかで、また指が私の手のひらのなかで、あたたまって来るのが私に

なにかすさまじいものが……　後出の「薄むらさきの目玉」といい、濃密なもやがたちこめる屋外の闇の奥は、百鬼夜行さながらの世界と化しているかのごとくである。「鯉の巴」の水妖出現シーンに通ずるものがあろう。

はにかみ　49頁を参照。

かすかな音であった　「どこかで、水を流すような、かすかな音がする」（「鯉の巴」より／本書36頁参照）

わかったが、私の体温にはまだとどかなくて、それが私にはいかにも静かな感じであった。

「眠ったの？」

「いいえ。」と娘の腕は答えた。

「動かないから、眠っているのかと思った。」

私はゆかたをひらいて、娘の腕を胸につけた。あたたかさのちがいが胸にしみた。むし暑いようで底冷たいような夜に、娘の腕の肌ざわりはこころよかった。


部屋の電燈はみなついたままだった。ベッドにはいる時消すのを忘れた。

「そうだ。明りが……。」と起きあがると、私の胸から娘の片腕が落ちた。

「あ。」私は腕を拾い持って、「明りを消してくれる？」

そして扉へ歩きながら、「暗くして眠るの？　明りをつけたまま眠るの？」

「…………。」

娘の片腕は答えなかった。腕は知らぬはずはないのに、なぜ答えないのか。私は娘の夜の癖*を知らない。明りをつけたままで眠っているその娘、また暗がりのなかで眠っているその娘を、私は思い浮かべた。右腕のなくなった今夜は、明るいままにして眠っていそうである。私も明りをなくするのがふと惜しまれた。もっと娘の片腕をながめていたい。先きに眠った娘の腕を、私が起きていてみたい。しかし娘の腕は扉の横のスイッチを切る形に指をのばしていた。

闇のなかを私はベッドにもどって横たわった。娘の片腕を胸の横に添い寝させた。腕の眠るのを待つように、じっとだまっていた。娘の腕はそれがもの足りないのか、闇がこわいのか、手のひらを私の胸の脇にあてていたが、やがて五本の指を歩かせて私の胸の上にのぼって来た。*おのずと肘がまがって私の胸に抱きすがる恰好になった。

娘のその片腕は可愛い脈を打っていた。娘の手首は私の心臓の上にあって、脈は私の鼓動とひびき合った。娘の腕の脈の方が少しゆっくりだったが、やがて私の心臓の鼓動とま

夜の癖 就眠儀式。眠りに就くまでの段取り、習慣。
私の胸の上にのぼって来た…… 「鯉の巴」における内助と鯉の交感シーンと響き交わす描写。

ったく一致してきた。私は自分の鼓動しか感じなくなった。どちらが早くなったのか、どちらがおそくなったのかわからない。

手首の脈搏*と心臓の鼓動とのこの一致は、今が娘の右腕と私の右腕とをつけかえてみる、そのために与えられた短い時なのかもしれぬ。いや、ただ娘の腕が寝入ったというしるしであろうか。失心する狂喜に酔わされるよりも、そのひとのそばで安心して眠れるのが女はしあわせだと、女が言うのを私は聞いたことがあるけれども、この娘の片腕のように安らかに私に添い寝した女はなかった。

娘の脈打つ手首がのっているので、私は自分の心臓の鼓動を意識する。それが一つ打って次ぎのを打つ、そのあいだに、なにかが遠い距離を素早く行ってはもどって来るかと私には感じられた。そんな風に鼓動を聞きつづけるにつれて、その距離はいよいよ遠くなりまさるようだ。そしてどこまで遠く行っても、無限の遠くに行っても、その行くさきにはなんにもなかった。なにかにとどいてもどって来るのではない。次ぎに打つ鼓動がはっと呼びかえすのだ。こわいはずだがこわさはなかった。しかし私は枕もとのスイッチをさぐった。

けれども、明りをつける前に、毛布をそっとまくってみた。娘の片腕は知らないで眠っていた。はだけた私の胸をほの白くやさしい微光*が巻いていた。私の胸からぽうっと浮かび出た光りのようであった。私の胸からそれは小さい日があたたかくのぼる前の光りのようであった。

私は明りをつけた。娘の腕を胸からはなすと、私は両方の手をその腕のつけ根と指にかけて、まっすぐにのばした。五燭*の弱い光りが、娘の片腕のその円みと光りのかげとの波をやわらかくした。つけ根の円み、*そこから細まって二の腕のふくらみ、また細まって肘のきれいな円み、肘の内がわのほのかなくぼみ、そして手首へ細まってゆく円いふくらみ、手の裏と表から指、私は娘の片腕を静かに廻しながら、それらにゆらめく光りとかげ

脈搏　「脈拍」とも。心臓が血液を押しだすことによって生ずる、動脈内の圧力の変動。
微光　かすかな光。

五燭　光度を示す旧単位。五燭は約五カンデラ。
つけ根の円み、……　対象に執念く密着するかのような細密描写の凄味！

の移りをながめつづけていた。

「これはもうもらっておこう。」とつぶやいたのも気がつかなかった。

そして、うっとりとしているあいだのことで、自分の右腕を肩からはずして娘の右腕を肩につけかえたのも、私はわからなかった。

「ああっ。」という小さい叫びは、娘の腕の声だったか私の声だったか、とつぜん私の肩に痙攣が伝わって、私は右腕のつけかわっているのを知った。

娘の片腕は——今は私の腕なのだが、ふるえて空をつかんだ。私はその腕を曲げて口に近づけながら、

「痛いの？ 苦しいの？」

「いいえ。そうじゃない。そうじゃないの。」とその腕が切れ切れに早く言ったとたんに、戦慄の稲妻が私をつらぬいた。私はその腕の指を口にくわえていた。

「………。」よろこびを私はなんと言ったか、娘の指が舌にさわるだけで、言葉にはならなかった。

「いいわ。」と娘の腕は答えた。ふるえは勿論とまっていた。

「そう言われて来たんですもの。でも……。」

私は不意に気がついた。私の口は娘の指を感じられるが、娘の右腕の指、つまり私の右腕の指は私の唇や歯を感じられない。私はあわてて右腕を振ってみたが、腕を振った感じはない。肩のはし、腕のつけ根に、遮断*があり、拒絶*がある。

「血が通わない。」と私は口走った。「血が通うのか、通わないのか。」

恐怖が私をおそった。私はベッドに坐っていた。かたわらに私の片腕が落ちている。それが目にはいった。自分をはなれた自分の腕はみにくい腕だ。それよりもその腕の脈はとまっていないか。娘の片腕はあたたかく*脈を打っていたが、私の右腕は冷えこわばってゆきそうに見えた。私は肩についた娘の右腕で自分の右腕を握った。握ることはできたが、

移り 移り変わるさま。
戦慄の稲妻 落雷に撃たれたかのような、ふるえとおののき。
よろこびを…… 言葉にできない歓喜を、直訳調の不自然な語順で表現している。
遮断 さえぎって断ち切ること。シャットアウトすること。
拒絶 こばんで受け入れないこと。拒否すること。
娘の片腕はあたたかく…… 「あたたかさ」と「つめたさ」の対比。

握った感覚はなかった。

「脈はある？」と私は娘の右腕に聞いた。「冷たくなってない？」

「少うし……。あたしよりほんの少うしね。」と娘の片腕は答えた。「あたしが熱くなったからよ。」

娘の片腕が「あたし」という一人称を使った。私の肩につけられて、私の右腕となった今、はじめて自分のことを「あたし」と言ったようなひびきを、私の耳は受けた。

「脈も消えてないね？」と私はまた聞いた。

「いやあね。お信じになれないのかしら……？」

「なにを信じるの？」

「御自分の腕をあたしと、つけかえなさったじゃありませんの？」

「だけど血が通うの？」

「（女よ、誰をさがしているのか。*）というの、ごぞんじ？」

「知ってるよ。（女よ、なぜ泣いているのか。誰をさがしているのか。）」

「あたしは夜なかに夢を見て目がさめると、この言葉をよくささやいているの。」

今「あたし」と言ったのは、もちろん、私の右肩についた愛らしい腕の母体のことにちがいない。聖書のこの言葉は、永遠の場で言われた、永遠の声のように、私は思えて来た。

「夢にうなされてないかしら、寝苦しくて……。」と私は片腕の母体のことを言った。「そとは悪魔の群れがさまようためのような、*もやだ。しかし悪魔だって、からだがしっけて、咳をしそうだ。」

「悪魔の咳なんか聞えませんように……。」と娘の右腕は私の右腕を握ったまま、私の右の耳をふさいだ。

娘の右腕は、じつは今私の右腕なのだが、それを動かしたのは、私ではなくて、娘の腕のこころのようであった。いや、そう言えるほどの分離はない。

「脈、脈の音……。」

私の耳は私自身の右腕の脈を聞いた。娘の腕は私の右腕を握ったまま耳へ来たので、私の手首が耳に押しつけられたわけだった。私の右腕には体温もあった。娘の腕が言った通りに、私の耳や娘の指よりは少うし冷たい。

「魔よけ*してあげる……。」といたずらっぽく、娘の小指の小さく長い爪が私の耳のなかをかすかに掻いた。私は首を振って避けた。左手、これはほんとうの私の手で、私の右の手首、じつは娘の右の手首をつかまえた。そして顔をのけぞらせた私に、娘の小指が目についた。

娘の手は四本の指で、私の肩からはずした右腕を握っていた。小指だけは遊ばせているとでもいうか、手の甲の方にそらせて、その爪の先きを軽く私の右腕に触れていた。しな

女よ、誰をさがしているのか　『ヨハネ福音書』第二十章第十五節で、イエスの遺体が墓から消えたことを驚き嘆くマグダラのマリアの前に、蘇ったイエスが現われて、掛ける言葉。

悪魔の群れがさまようためのような　先述の百鬼夜行めくイメージと同時に、新約聖書における「荒野の誘惑」すなわち、悪魔（サタン）が、精霊に導かれて荒野をさまようイエスに、さまざまな誘惑を囁きかけるが、すべてを斥けられるエピソードをも踏まえるか。

魔よけ　悪魔、魔物を除けるためのまじない。

やかな若い娘の指だけができる、固い手の男の私には信じられぬ形の、そらせようだった。小指のつけ根から、直角に手のひらの方へ曲げている。そして次ぎの指関節も直角に曲げ、その次ぎの指関節もまた直角に折り曲げている。そうして小指はおのずと四角を描いている。四角の一辺は紅差し指*である。

この四角い窓*を、私の目はのぞく位置にあった。窓というにはあまりに小さくて、透き見穴*か眼鏡というのだろうが、なぜか私には窓と感じられた。すみれの花が外をながめるような窓だ。ほのかな光りがあるほどに白い小指の窓わく、あるいは眼鏡の小指のふち、それを私はなお目に近づけた。片方の目をつぶった。

「のぞきからくり*……?」と娘の腕は言った。「なにかお見えになります?」

「薄暗い自分の古部屋だね、五燭の電燈の……。」と私は言い終わらぬうち、ほとんど叫ぶように、「いや、ちがう。見える。」

「なにが見えるの。」

「もう見えない。」

「なにがお見えになったの？」

「色だね。薄むらさきの光り*だね、ぼうっとした……。その薄むらさきのなかに、赤や金の粟粒のように小さい輪が、くるくるたくさん飛んでいた。」

「おつかれなのよ。」

娘の片腕は私の右腕をベッドに置くと、私の目ぶたを指の腹でやわらかくさすってくれた。

「赤や金のこまかい輪は、大きな歯車になって、廻るのもあったかしら……。その歯車のなかに、なにかが動くか、なにかが現われたり消えたりして、見えたかしら……。」

紅差し指　45頁を参照。ちなみに古来、化粧には魔よけの意味があったとされる。
四角い窓　指を組み合わせて作った窓（「狐の窓」とも称される）から覗くことで、妖怪などの正体を見破るまじないを想起させるくだりである。
透き見穴　隙間から覗くための穴。
のぞきからくり　「覗機関」と表記。ひと続きの物語が描かれた絵を、箱の中で順に展覧させ、箱の前面に開けられた覗き眼鏡を通して客に見せる装置。見世物として興行された。江戸川乱歩「押絵と旅する男」で詳述。
薄むらさきの光り　朱色の服を着た女が運転する車のライト、アパアトメントの玄関に飛び交う螢火などに通ずる。

歯車も歯車のなかのものも、*見えたのか見えたようだったのかわからぬ、記憶にはとどまらぬ、たまゆら*の幻だった。その幻がなんであったか、私は思いだせないので、

「なにの幻を見せてくれたかったの？」

「いいえ。あたしは幻を消しに来ているのよ。」

「過ぎた日の幻をね、あこがれやかなしみの……。」

娘の指と手のひらの動きは、私の目ぶたの上で止まった。

「髪は、ほどくと、肩や腕に垂れるくらい、長くしているの？」私は思いもかけぬ問いが口に出た。

「はい。とどきます。」と娘の片腕は答えた。「お風呂で髪を洗うとき、お湯をつかいますけれど、あたしの癖でしょうか、おしまいに、水でね、髪の毛が冷たくなるまで、ようくすすぐんです。その冷たい髪が肩や腕に、それからお乳の上にもさわるの、いい気持なの。」

もちろん、片腕の母体の乳房である。それを人に触れさせたことのないだろう娘は、冷

たく濡れた洗い髪が乳房にさわる感じなど、よう言わない*だろう。娘のからだを離れて来た片腕は、母体の娘のつつしみ、あるいははにかみからも離れているのか。

私は娘の右腕、今は私の右腕になっている、その腕のつけ根の可憐な円みを、自分の左の手のひらにそっとつつんだ。娘の胸のやはりまだ大きくない円みが、私の手のひらのなかにあるかのように思えてきた。肩の円みが胸の円みのやわらかさになってくる。

そして娘の手は私の目の上に軽くあった。その手のひらと指とは私の目ぶたにやさしく吸いついて、目ぶたの裏にしみとおった。目ぶたの裏があたたかくしめるようである。そのあたたかいしめりは目の球のなかにもしみひろがる。

歯車も歯車のなかのものも　芥川龍之介の遺稿のひとつ「歯車」（一九二七）を想起させるくだりである。「何ものかの僕を狙っていることは一足毎に僕を不安にし出した。そこへ半透明な歯車も一つずつ僕の視野を遮り出した。僕はいよいよ最後の時の近づいたことを恐れながら、頸すじをまっ直にして歩いて行った。歯車は数の殖えるのにつれ、だんだん急にまわりはじめた」（「歯車」より）ちなみに「歯車」には、「レエン・コオトを着た幽霊」「タクシイ」「ドッペルゲンガー」「聖書」「悪魔」「ドストエフスキイの『罪と罰』」……など、きわめて本篇と相通ずるモチーフが散見される。

たまゆら　「玉響」と表記。（玉がふれあいかすかに音を立てることから）一瞬。しばしの間。川端には女と死の夢をめぐる短篇「たまゆら」（一九五一）もある。

よう言わない　とても口にはしない。

「血が通っている。」と私は静かに言った。「血が通っている。」

自分の右腕と娘の右腕とをつけかえたのに気がついた時のような、おどろきの叫びはなかった。私の肩にも娘の腕にも、痙攣や戦慄などはさらになかった。いつのまに、私の血は娘の腕に通い、娘の腕の血が私のからだに通ったのか。腕のつけ根にあった、遮断と拒絶とはいつなくなったのだろうか。清純な女の血が私のなかに流れこむのは、現に今、この通りだけれど、私のような男の汚濁*の血が娘の腕にはいっては、この片腕が娘の肩にもどる時、なにかがおこらないか。もとのように娘の肩にはつかなかったら、どうすればいいだろう。

「そんな裏切りはない。」と私はつぶやいた。

「いいのよ。」と娘の腕はささやいた。

しかし、私の肩と娘の腕とには、血がかよって行ってかよって来るとか、血が流れあっているとかいう、ことごとしい感じ*はなかった。右肩をつつんだ私の左の手のひらが、また私の右肩である娘の肩の円みが、自然にそれを知ったのであった。いつともなく、私も娘の腕もそれを知っていた。そうしてそれは、うっとりととろけるような眠りにひきこむものであった。

私は眠った。

たちこめたもやが淡い紫に色づいて、ゆるやかに流れる大きい波に、私はただよっていた。その広い波のなかで、私のからだが浮かんだところだけには、薄みどりのさざ波がひらめいていた。私の陰湿な孤独の部屋は消えていた。私は娘の右腕の上に、自分の左手を軽くおいているようであった。娘の指は泰山木の花のしべをつまんでいるようであった。見えないけれども匂った。しべは屑籠へ捨てたはずなのに、いつどうして拾ったのか。一日の花*の白い花びらはまだ散らないのに、なぜしべが先きに落ちたのか。朱色の服の若い

汚濁 よごれ濁っていること。
ことごとしい おおげさなこと。

一日の花 活けて一日たった花。古代ローマの詩人ホラティウスの詩句「一日の花を摘め」を踏まえるか。

女の車が、私を中心に遠い円をえがいて、なめらかにすべっていた。私と娘の片腕との眠りの安全を見まもって*いるようであった。

こんな風では、眠りは浅いのだろうけれども、こんなにあたたかくあまい眠りはついぞ私にはなかった。いつもは寝つきの悪さにベッドで悶々と*する私が、こんなに幼い子の寝つき*をめぐまれたことはなかった。

娘のきゃしゃな*細長い爪が私の左の手のひらを可愛く掻いているような、そのかすかな触感*のうちに、私の眠りは深くなった。私はいなくなった。*

「ああっ。」私は自分の叫びで飛び起きた。ベッドからころがり落ちるようにおりて、三足四足*よろめいた。

ふと目がさめると、不気味なものが横腹にさわっていたのだ。私の右腕だ。

私はよろめく足を踏みこたえて、*ベッドに落ちている私の右腕を見た。呼吸がとまり、血が逆流し、全身が戦慄した。私の右腕が目についたのは瞬間だった。次ぎの瞬間には、娘の腕を肩からもぎ取り、私の右腕とつけかえていた。魔の発作の殺人*のようだった。

私はベッドの前に膝をつき、ベッドに胸を落として、今つけたばかりの自分の右腕で、狂わしい心臓の上をなでさすっていた。動悸*がしずまってゆくにつれて、自分のなかよりも深いところからかなしみが噴きあがってきた。

「娘の腕は……?」私は顔をあげた。

娘の片腕はベッドの裾に投げ捨てられていた。はねのけた毛布のみだれのなかに、手のひらを上向けて投げ捨てられていた。のばした指先きも動いていない。薄暗い明りにほの白い。

「ああ。」

眠りの安全を見まもって　「女性の安全を見まわって歩く天使か妖精」(54頁)に照応。
悶々と　もだえ苦しむさま。
幼い子の寝つき　幼児がすみやかに寝入ること。
きやしやな　「華奢な」。姿がよわよわしく上品で美しいさま。
触感　手でさわったときの感じ。

私はいなくなった　意識を失ったこと。
三足四足　数歩。
踏みこたえて　踏んばって。
魔の発作の殺人　いわゆる通り魔(通りすがりに行き遭う家や人に災厄をもたらす魔物)のように人を殺すこと。
動悸　21頁を参照。

私はあわてて娘の片腕を拾うと、胸にかたく抱きしめた。生命の冷えてゆく、いたいけな*愛児を抱きしめるように、娘の片腕を抱きしめた。娘の指を唇にくわえた。のばした娘の爪の裏と指先きとのあいだから、女の露が出るなら……。*

（「新潮」一九六三年八月号～六四年一月号に掲載／十二月号は休載）

いたいけな　小さくて痛々しいさま。愛らしい様子。

爪の裏と指先きとのあいだ　60頁の一連の描写、とりわけ「私の孤独が娘の爪にしたたって、悲劇の露とする」を参照。

香山滋

月ぞ悪魔

1

「由来、上海を魔の都と人はよく言うのですが、それは単に、犯罪と淫蕩の都というだけの形容に過ぎず、ほんとうに魔の都と言われるにふさわしいのは、むしろコンスタンチノープルではないでしょうか」

美しく刈こまれた髭を濡らしたビールの泡を、淡青い縁取りのある純白な手帛でぬぐいながら、老紳士Aは、ものしずかにこう口を切ると、じっと私の顔に愛情ふかいまなざしを向けた。この人が、往年欧亜十ヶ国を股にかけて荒稼ぎをし、最後にアフガニスタン政府の忌避にふれて追放された、国際秘密見世物協会の総元締、浅倉泰蔵であるとは、私にはどうしても信じられなかった。

浅倉泰蔵氏の経歴については、世間はもちろん、氏の縁辺の人々にもよく知られていない。それは氏がほとんど故国を離れていた所為もあるが、氏自身が口を緘して多くを語らなかったことにもよる。その氏が引退後十年、初めて口を開いて、一介の*雑誌記者に過ぎない私に、玉手箱*を覗かせてくれようとするに到ったについては並々ならぬ動機*がなくてはならない。

氏と私とは、ある短歌雑誌の同人仲間*として知合ったのであるが、氏は七十に近い老人、

由来　もとより。そもそも。

上海　(Shanghai) 長江の河口近くに位置する中国きっての大都市。金融・貿易・商工業などの中心地である。

コンスタンチノープル　(Constantinople) トルコ北西部、ボスポラス海峡に臨む大都市イスタンブールの旧称。ビザンチウムとも呼ばれた。東ローマ帝国、オスマン帝国の首都。

往年　昔。かつて。

欧亜　欧州（ヨーロッパ）と亜細亜（アジア）。

アフガニスタン　アジア南西部の内陸に位置するイスラム教国家。英国とのアフガン戦争を経て、一九一九年に独立。

忌避にふれて　忌み嫌われて。

総元締　組織や事業全体のまとめ役となる中心人物。

縁辺の人々　親族や縁故のある人たち。

故国　自分が生まれた国。祖国。

緘して　とざして。

一介の　とりたてて地位も身分もない。つまらない。

玉手箱　ここでは秘蔵の体験談の意。

動機　人の言動などを決定づける要因。

短歌雑誌の同人仲間　香山滋は小説家としてデビューする以前から短歌雑誌「定型律」に加わり、歌人として活動していた。

私は三十にはまだだいぶん間のある若輩*、およそ話のあわぬ間柄と初めからきめこんで、数次*の月例歌会*の席などでも顔は合せても、ついぞ*話を交さずに過ぎていたが、その雑誌の百号記念祝賀会の催された夜のことであった。氏から寄贈を受けた酒に、みんな久しぶりに酔いが廻り、座興*の即詠*を披露しあうことになった。その夜は、あたかも仲秋の名月*で、私は酔眼朦朧*として、その月が二重に見えたので、戯れに——月ふたつ空にかかれり*今宵われ酔いしれりとは思われなくに——という一首をものして朗詠*したのだ。たあいのない座興*のうただから、誰も顧みる*ものはなかったのだが、氏はその「月ふたつ」という上の句*に何か異常の感動をおぼえたらしく、いくぶん蒼ざめた面を私に向けながら——月ふたつ——か、と嘆息*を洩らし、何事かを回想するような表情に、恐怖とも苦悶ともつかぬ複雑な色を混えるのだった。私は、これは何か秘密があるな、と直感したが、こういう席で、立入った振舞い*もならず、会が終った帰りがけに、私は氏に、もしお差支えがなかったらあなたの秘密をお話しくださいませんか、私のうたが奇縁*になってあなたの回想をみちびきだしたとしたら、私にはその話をお伺いする権利があるように思えますが、とぶ

しつけに申出ると、氏は別段感情を害する様子もなく、いっとき哀愁に満ちたまなざし

若輩 年齢の若い人。未熟者。
数次 数回。
月例歌会 毎月おこなわれる歌会。歌を作り発表しあう。
ついぞ いまだかつて。一度も。
座興 宴会などの席に興趣を添えるための遊芸。その場かぎりの戯れ。
即詠 即席で歌を詠むこと。
仲秋の名月 陰暦八月十五日の月。十五夜の満月。
酔眼朦朧 酒の酔いで意識と視覚が朦朧とした状態。
月ふたつ空にかかれり…… 大意は、月がふたつも天空に輝いて見える。今夜の私は、そんなに酔い痴れたとは思っていなかったのだが。本篇について作者自身が語った談話の中から引用する――「私自身、ある事情で、現実と幻の世界との境目をうろついた時がありまして、その時に書いた作品です。おそらく、私の幻想の極限だと思います。／作中、『月二つ、空にかかれり云々』と、いう自作の短歌が出てきます。そんなに酔ってもいないのに月が二つ見える、といったような意味。この作品の原題は『月二つ』でした」（「宝石」一九六二年九月号掲載の香山滋インタビュー「ロマンと幻想の詩人」より）
ものして 作って。
朗詠 和歌を声に出して披露すること。
たあいのない 「たわいのない」とも。とりとめのないこと。考えもなしに。
顧みる 注目をする。
上の句 短歌の前半の五・七・五の三句。後半の七・七は「下の句」。
嘆息 ため息。
立入った 無遠慮に踏みこむ。
奇縁 不思議な因縁。思いがけない関わり。
ぶしつけに 不作法に。礼儀をわきまえず。
別段 とりたてて。特に。

で私を見つめたのち、近いうちにおいでください、お話しいたしましょう、私の罪ほろぼし*のために、たったひとつ聞いておいていただきたい話があります。いままで、その相手ときっかけがなかったのですが、あなたの先程のおうたが私にそれを与えてくれました。

そう言って、私に住所入りの名刺をくれた。いつ用意をしたのか、その名刺の右肩に、先程の私のうた——月ふたつ空にかかれり今宵われ酔いしれりとは思われなくに——が万年筆で書きこまれてあった。明らかに、氏は私のうたを聞いた直後、すでにその話を私に打明ける心用意*ができていたものと見てよい。

　さて、浅倉泰蔵氏の話の内容であるが、私はこれを世に発表する承諾を氏から受けていない、別段秘密にしてほしいと言われてもいないのだが、氏の存命中*は公表することを遠慮していた。なぜなれば*、それは氏の哀切極りない悲恋の思い出であり、同時に恐ろしい罪の記録でもあるからだ。にもかかわらずいま、拙い*筆をあえてとるのには、私にもいくぶんの弁明*がある。そのひとつは、氏がすでに世を去られていること、そのひとつは、この話そのものが世にも稀な悲恋の異常型*として記録さるべき*性格を持っているからだ。

——悲恋の果ての殺人——それはあまりにも平凡なテーマだ、がこの話を読まれたら、それがあまりにも異常な形式を持っているため、恐らく信じられないことであろう——そう、信じられない！　それでもよい、私は甘んじて、ただその記録者であることだけに満足しよう。

2

「いったい、*見世物とひと口に言いますが、見世物にもピンからキリまで*あります。むか

罪ほろぼし　過去の罪過が消えるような功徳を積むこと。贖罪。
心用意　心の準備。決意。
存命中　生きている間。
なぜなれば　なぜならば。
拙い　19頁を参照。
弁明　いいわけ。弁解。
異常型　異常な形。異常なケース。
記録さるべき　記録されるべき。
いったい　ここでは、総じて。
ピンからキリまで　最上等から最下等まで。

し靖国神社の、その頃招魂社といいましたね、お祭りというと小屋掛け*の見世物が何軒も立並びました。身長二間の大イタチだとか、親の因果が子に報いた*白子*、神田お玉ケ池の河童、生きている人魚等々、おおかたインチキな、入って見ればなんのことはない子供だましのつくりものに過ぎないのですが、それでいて欺されると知りながら『世に在り得べからざるもの』*を見たいのが人情です。その人情の弱点を捉えて見世物師*は頭をひねり次から次へとさまざまな趣好を凝らすものです。私が生涯飯を食ってきた『国際秘密見世物協会』というのも、名前はたいそうな虚仮威し*ですが、言ってみればまあ招魂社の見世物と根*はたいして違うものではありません。ただそれを大規模にして、公開といっても会員だけに見せるという点が相違しているだけでしょう。自慢ではありませんが、インチキは絶対にしませんでした。その代り材料を集めるためにはそれこそ血の出るような苦労をしました。世界の秘境に足を踏み入れて、いくたび命を失いかけたか知れません。一つ二つ例を申しましょうか――北ルソン（比島）*の山奥にイゴロット*という蛮族が棲んでおります。たしか蜂須賀公爵*でしたか、探検されてその記録も発表されているはずですが、その種族の中には尾を持ったものが稀に存在するということです。私は自ら指揮して協会の探検部員を引連れて調査に乗出しました。結果は、なるほど尾のある人間を

靖国神社　東京都千代田区九段北に鎮座する元別格官幣社。一八六九年に明治維新の殉難者を祀るため東京招魂社として創建。一八七九年に靖国神社と改称された。戦没者の霊を合祀している。

招魂社　明治維新の頃から、国家のために殉難した人々の霊を祀るため全国各地に創建された神社。元は「招魂場」と称した。一九三九年に護国神社と改称。

小屋掛け　仮設の小屋をつくること。また、その小屋。

二間　約三・六三六メートル。

親の因果が子に報い　親がおかした悪業の結果が、子供の身に災いをもたらす。見世物の口上などの決まり文句として用いられる。

白子　色素を欠いて白色となった人間や動物の個体。アルビノ。

神田お玉ケ池　江戸時代の末頃まで神田（現在の千代田区岩本町二丁目付近）にあった池。近くの茶屋の看板娘で身投げしたお玉にちなんで命名されたという。

おおかた　たいてい。だいたい。

世に在り得べからざるもの　この世にありえないもの。

見世物師　見世物の興行を職業にしている人。

虚仮威し　見た目は派手だが無内容でくだらないもの。

根　根本。本来の性質。

北ルソン（比島）　比島はフィリピンのこと。ルソンはフィリピン群島の最北に位置する島で、首都のマニラがある。

イゴロット　(Igorot)　ルソン島のセントラル山脈に居住するマレー系民族。かつては首狩りの風習で有名だったが、現在は廃止されている。イゴロットはタガログ語で「山の人」を意味する。

蜂須賀公爵　蜂須賀正氏（一九〇三〜一九五三）を指す。旧徳島藩主・蜂須賀家の第十八代当主で、爵位は正しくは侯爵。鳥類学者として絶滅鳥ドードーの研究で知られた。一九二八年には、実際に有尾人探索のためフィリピンのジャングル探検に赴いている。著書に『南の探検』『世界の涯』など。

二三発見しましたが、それはわずかに尾骶骨が並の人よりも発育して尾の形に突出しているという程度でしかなく、到底見世物としての興行価値はありません。しかしさらに奥へ行ったヤモ*という部落に名も知れぬ種族を発見しました。身長平均二米の堂々たる体軀で、しかもそのどれもが半米に及ぶ真正*の尾をもっております。私はその男女一団百名ほどを、劇しい戦闘ののちに捕虜として、巴里で秘密公開しました。余談になりますが、その時会員の中に某国人類学協会の会長がいて、そいつから横槍*が入りました。つまりその男の属している協会の持論では『有尾人』は絶滅しているはずなので、もしこの事実が公にされれば協会の名誉が丸潰れになるという訳です。勝手なものじゃあありませんか、その男は富豪で、私の協会の有力なパトロン*の一人でもある関係上、こちらは商売人の悲しさ、とうとうこれは現地に送還してしまいました。

それから、これは埃及カイロ*の郊外、スフィンクス*で有名なギゼー*から程遠からぬ沙漠の中に『王者の谷』という——これは私の命名ですが、古墳*の集落があります。いつの頃か明らかではありませんが非常に大掛りな地震があって、深く陥没していたため今日まで発掘をまぬかれていたのですが、私の探検隊が一九一二年*にそれを発見しました。その中にアムメノン・カメンホーフ第二世の石棺があったのですが、その木乃伊*はな

ヤモ 未詳。

真正の 本物の。

横槍 第三者が横から、抗議や苦情の口出しをすること。

パトロン（patron）庇護者。後援者。

カイロ（Cairo）エジプト・アラブ共和国の首都。ナイル川の三角洲に位置するアフリカ大陸第一の大都市である。

スフィンクス（Sphinx）古代オリエント神話に登場する、人間の頭部に獅子の胴体を有する怪物。王権の象徴として宮殿や神殿、墳墓などに、その姿をかたどった石像が建立された。

ギゼー（Giza）ギーザとも。ナイル川中流の西岸に位置するエジプトの一都市。ギーザ県の県都。古代エジプト以来の歴史を有し、三大ピラミッドや大スフィンクス像などの遺跡には、多くの観光客が訪れている。

古墳 丘のように土を盛って造成された古代の墳墓。権力者の墓としてつくられた。

一九一二年 この年、ナイル河畔のアマルナで、エジプト新王国時代の第十八王朝のファラオ・アメンホテプ四世の妃ネフェルティティの精巧な胸像が発掘されている。アムメノン・カメンホーフ第二世というネーミングからしてエジプトらしからぬ（アムメノンはギリシア語風、カメンホーフはドイツ語風）女帝のミイラの逸話は、この史実から生みだされたものかも知れない。

木乃伊 ミイラ（mummy）。自然乾燥もしくは人工的な防腐処置によって、死後も形が保存された屍体のこと。エジプトでは、来世において霊魂の宿る肉体が必要であるとの信仰にもとづき、紀元前二六〇〇年頃からキリスト教時代まで、盛んに人工ミイラの製造がおこなわれた。

んと燻製*であったのです。同時に入手したパピルス*にはこの異常な埋葬についての哀艶*な由来が細かく認めて*ありましたが、それはまたの機会にお話することとして、とにかく私は女帝アムメノン・カメンホーフ第二世の燻製を秘密クラブの地下室に運びこみ、その数片を割いて会員に味わせました。その時も会員中にさる有名な考古学者がおって埃及歴代の系図*を書き改めなければならぬと苦情を言出し、『王者の谷』は再び女帝の石棺を呑んで秘められてしまいました。二つの例を申上げただけのことですが、こんなことではとても事業として採算のとれるものではありません。その合間合間にもいろいろ猟奇的*な見世物を試みたり、いま考えると顔のあかくなるようなショウを演しものにしたりなどして、どうやら協会の収支を保っていたのですが、私が三十五歳のとき決定的な打撃を受けて、一時協会は破産の悲運に陥りました。ついでですからおしゃべりしてしまいましよう。仏蘭西の豪華船エクリップス号がキプロス島*の沖合で不慮の沈没をした直後、私は海底に沈んだままの同船を映画に撮影して見世物に出そうと企画しました。御承知でもありましょうがエクリップス号は欧州航路の八万噸の豪華船であり、原因不明の機関部の爆発であっという間にその巨体を海底に沈めてしまったのですからほとんど救助のひまもなく、それが深夜の出来事ですから乗客のほとんど全部が閉された船室で窒息死してしまいました。そのキャビンを一室一室キャメラ*が覗いてゆこうという訳なのです。私は秘密裡に*カール・ツァイス商会*に海中撮影機を注文し、特殊装備をほどこした潜水艇を購入して、作業に協会の全財産を賭しました。そして出来上ったフィルムを十巻に整理して試写を兼ねた秘密公開をやりました。さすがの私も、そのあまりに悲惨な場面の連続におもて*を背けずにはいられませんでした。当夜いあわせた某伯爵夫人はその衝動にたえきれず

燻製　魚肉・獣肉などを塩漬けにして、木材の煙でいぶして作られる保存食品。

パピルス　(papyrus) ナイル川流域に繁茂していたカミガヤツリ（紙蚊帳吊）という植物の茎から、古代エジプト人が製造した紙の一種。製紙法が発明されるまで、ヨーロッパ一円で使用された。

哀艶　通常は「哀婉」と表記。あわれ深く風情があるさま。

認めて　書き記して。

系図　先祖代々の系統を書きしるした書類。

猟奇的な　奇怪で異様な物事を好んで探求するような。

キプロス島　(Kypros) 地中海東部、トルコの南方にある島。一九六〇年に英国の植民地から独立。

キャメラ　(camera) カメラ。

秘密裡に　秘密のうちに。

カール・ツァイス商会　一八四六年にイェーナで創業した、ドイツの有名な光学機器メーカー。顕微鏡や望遠鏡、カメラのレンズなどの製造で定評がある。

おもて　顔。

三日後に発狂し、某宝石商は妻の無惨な死様をその映画の中に見て自殺してしまうという騒ぎで、私は意を決してこのネガを焼却し、薄夜*ひそかに巴里を抜け出して、コンスタンチノープルに遁走*したのでした。

3

まっとうな生き方*をしてこなかった天罰*といえばいわれましょう。私はコンスタンチノープルの裏町の海に面した鳥小屋よりもひどい安宿の天井裏の一室に、一片のパンもなく、破れた外套に身をくるんで、ごろごろと寝て暮さなければなりませんでした。お恥しい話ですが、私は毀れた煉瓦壁に這っている蝸牛や溝際に生える蕈を海水で茹でて飢をしのぎ松樹脂の匂いのする寝板*を削ってタバコの代用としました。しかしそんな窮乏*のどん底に蠢きながらもなんとかして起ちあがろうという意欲だけははっきり持ちつづけていました。絶望はしませんでした。しかしコンスタンチノープルというところは、私のような人間を絶対に必要としない都であることにだんだん気づき初めました。都そのものが公開された猟奇の見世物です——街頭いたるところこれ見世物です。コブラ*が踊り、縄が棒立ち*するアラビア人の手品師、迷路に巣食うラテン系の女群、中華料理桃源号の大招牌*をかかげた阿片館*、冥府*の人と対話させてくれる巫女*、星占い、魔法使い、奴隷市場*、賭博場、

薄夜　夕暮れ、もしくは明け方。薄暮。
遁走　逃げだすこと。
まっとうな　まともな。
天罰　天から下される罰。悪事の報い。
寝板　ベッド。寝台。
窮乏　金品が欠乏して困窮すること。
コブラ　コブラ科の蛇の総称。なかでも体の前部を直立させ、頭巾状の部分を広げて敵を威嚇する種類を指す。アジア・アフリカ・オーストラリアに分布。
縄が棒立ち　いわゆる「ヒンドゥー・ロープ・マジック」もしくは「インディアン・ロープ・マジック」と呼ばれる奇術。ただし「アラビア人」ではなくインド人の奇術師がおこなう。アラブ人の旅行家イブン＝バットゥータの『大旅行記』に目撃談が記載されているのを混同したものか。
大招牌　大きな看板。
阿片館　中毒性のある阿片を客に吸煙させる店。阿片窟。
冥府　死者の世界。冥土。
巫女　神々や死者と交信して、お告げを授ける者。シャーマン。
奴隷市場　奴隷たちを売買する市場。

トルコ風呂*等々。私などのとうてい割りこむことをゆるさぬ魔の都です——夜はボスポロス*の海全体が夜光虫*の光で輝き揺れるばかりです。よほど刺戟の強い、驚天動地*とでもいうようなものでない限りここの人達はびくともしない*でしょう。私は栄養不良の脳細胞を動員*してさまざまな企画を練ってはみました。が巴里でやって来た程度の種*ではとても駄目です。だってある日のこと、サルタン*が秘愛の豹*にうちまたがり、門外不出*のハレム*の女を全部したがえて国立回教*寺院におでましになるというのにさえ見物人はちらほらと集っただけだというではありませんか。いったいコンスタンチノープルの住民はよほどの白痴*か、悟りきった僧侶かのどちらでしかないのでしょうか。ところが、その真の姿を私は間もなく発見することができました。なんとこれらの人達は、滑稽なことに有頂天*になるという、実に愛すべき天性*をもっているのです。滑稽なことに対しては、それこそ私達が思い及ばぬほど夢中になります。てっとりばやく例を申せば、寄席*でやる人形芝居*や

トルコ風呂 蒸風呂の一種。ローマ風呂。

ボスポロス (Bosporus) ボスポラス海峡のこと。トルコのヨーロッパ地域(オクシデント)とアジア地域(オリエント)を隔てる、南北に細長い海峡である。

夜光虫 原生動物門鞭毛虫亜門植物性鞭毛虫綱渦鞭毛虫目ヤコウチュウ科のプランクトン。直径数ミリの球形で一本の大きな鞭毛をそなえる。海中に浮遊して夜間、波などの刺戟で青白く発光する。

驚天動地 世の中を大いに驚かすこと。

びくともしない まったく動じないさま。

動員 なにかの目的のために、人や物資を集中させること。もとは軍事用語から。

種 ここでは、見世物の素材。いわゆる「ネタ」。

サルタン (sultan) スルタンとも。アラビア語で「権威」の意。イスラム王朝における君主の称号のひとつ。

秘愛の ひそかに愛する。秘蔵する。

門外不出 貴重なものを秘蔵して、外部への持ち出しを許さないこと。

ハレム (harem) ハーレムとも。「禁じられた場所」の意。ここでは、イスラム王朝の後宮(宮中の女性たちの居所)を指す。

回教 イスラム教の異称。中国で「回回教」と呼ばれたことに由来。

白痴 知能が非常に劣っていること。精神薄弱の程度がはなはだしい状態。

有頂天 ここでは、物事に熱中して我を忘れること。

天性 生まれつきそなわっている性質。

寄席 落語や講談、浄瑠璃、浪曲、手品など大衆演芸の興行場。元禄年間に江戸で始まったとされる。「よせせき」の略。よせば、席亭とも。

人形芝居 (marionnette) あやつり人形を用いて演じられる劇。

影絵芝居、*コミック・ダンス、*道化役者の演る曲芸、*掛合い噺、*そんなものに血道をあげて*商売そっちのけ*のうつつを抜かす*のです。新馬鹿大将*だとかアルコール先生*だとかいう古い古い映画さえ大流行なのですから驚きいる*より外はありません。私は、もしこ

影絵芝居　(silhouette) 影絵は紙や木でできた人形、もしくは人や動物に見立てた手指などの後方から光を当ててスクリーンに投影したもの。それによって演じられる芝居。トルコのカラギョズ、インドネシアのワヤンが有名。

コミック・ダンス　滑稽なしぐさの舞踊。

道化役者　(pierrot) 芝居やショーでおどけたことを演ずる役者。フランスの「ピエロ」は、白粉や紅を塗り、だぶだぶの衣裳を着て、円い帽子をかぶる。

曲芸　(acrobat) 見世物の一種。綱渡り、籠抜け、梯子乗り、玉乗り、ナイフ使いなど、一般人にはできない危険で困難な離れ業を披露すること。軽業。

掛合い噺　寄席などで、滑稽な問答を二名以上の掛合いにより演ずる芸。漫才など。

血道をあげて　道楽などに夢中になって。

そっちのけ　そちのけ（其方退け）から。ほったらかしておくこと。問題にしないこと。

うつつを抜かす　夢中になる。心を奪われる。

新馬鹿大将　米国のコメディ・トリオ「三馬鹿大将（The Three Stooges）」を指すか。メンバーには何度かの交替があるが、最も有名なのは禿頭のカーリー・ハワード、おかっぱ頭のモー・ハワード、ヤマアラシの渾名で呼ばれたラリー・ファインの三人組。一九三〇年代に「三馬鹿大将」をタイトルに冠した短篇喜劇映画シリーズで大人気となり、後にテレビ・シリーズにも再編されている。

アルコール先生　英国出身の喜劇俳優チャールズ・チャップリンが主演したサイレント映画シリーズの邦題。『アルコール先生お好みの気晴らし』（一九一四）など。「アルコール先生」という呼び名は、大正時代の日本人に親しみをもたれるようにと配給会社が考案した日本でのチャップリンの渾名である。

驚きいる　驚くばかり。

の都で一旗あげる*気ならそうした方面に百八十度の転換*をしなければならないことに気がつきました。さてそう気がついたとしても私はどうして起ちあがったらいいのでしょう。洒落ではありません。私は餓死*寸前にまで追いつめられて、寝板の上から起きあがる最後の力さえ失っていました。天気つづきで空気は乾燥しもう蝸牛も蕈も手に入りません。寝板の松樹脂をくゆらし*たくとも削りとる力もありません。私はうつろな眼を天井に向けて、眠るともなく醒めるともなくうつらうつら*しつづけていました。寝汗すらかかなくなり、口がかわいて舌の寸がつまった*ように感じられてきました。私は死ぬんだなと思いました。

その夜のことです。私はコトリ、コトリ、という幽かな音を階下にききました。何の音だろう？ それはなにか固い木の棒で床板を打つような乾いた音です。コトリ、コトリ三四回同じ高さの音を繰返したあとで、その音は近づいてくるようです。私は本気になってこれは死神*が迎えに来たのだな、と思いました。よし、死神ならばひっとらえて見世物に晒してやる*！ 世界の見世物師浅倉泰蔵の名にかけて一世一代*の死花を咲かせて*やろう——私はいきりたって*最後の力をふりしぼり半身を起きあがらせてその音に耳を澄ませていました。扉の前で音はとまりました。私は息を呑んで眼ばかりぎらぎら光らしました。折から雲を破って月がさし入り、灯のない部屋内は昼のように明るくなりました。音もなく扉が開きました。老婆です。長いマント*を着て、松葉杖*をついています。杖の足にはゴムがはめられてありますから、あのコトリ、コトリという音は片足の義足*――ウニコール*の口角のような――の先端が床板に触れる音だったのです。とても高齢だとみえ顔はほとんど骸骨に皮膚を貼りつけただけのことで、その色は譬えて言ったらば壁に塗りこめて

死花を咲かせて　美事な最期を遂げて死後に名声をのこす。名誉のうちに死ぬ。

いきりたって　「熱り立って」と表記。憤り興奮して。

マント　(manteau) 多くは袖なしの外套。

松葉杖　負傷や障害で歩行困難な人が、脇の下にはさんで用いる、松葉のように先が二またに分かれた形の杖。

義足　足の失われた箇所をおぎなうための人工の足。

ウニコール　(unicorne)「一角」とも。クジラ目イッカク科の海獣。雄は長大な口角(顎などの一部が角状に発達したもの)を有する。牙は漢方の解毒剤として用いられる。

一旗あげる　新規に事業などを起こす。

百八十度の転換　それまでと正反対の方向に転ずること。

餓死　食物を得られず死ぬこと。

くゆらし　「燻らし」と表記。煙をたたせる。

うつらうつら　浅い眠りと目覚めを繰りかえすさま。うとうと。

寸がつまった　長さが短くなった。縮んだ。

死神　人間を死の世界へ連れ去る神。

晒してやる　人々の目にふれさせてやる。さらしものにしてやる。

一世一代　一生にただ一度。

貯蔵するという支那*のあひるの卵*の黄味の色とでも言えましょうか、鼻稜*は欠けて穴だけで、唇は肉がそげて歯茎が露出しています。いったいこやつ*は何者か――出現する世界を間違え*たのではあるまいか、私は心の中でそう思いながら、すくなくとも死神でだけはなかったことに吻としました。

4

老婆は、私の寝板の側へ松葉杖を置き義足を投げだして坐ると、マントの下から、そのかさかさな木乃伊のような手で新聞紙にくるんだものを私に差出しました。何だと思います？　パンです。真白な女の肌のようなふくれ上ったパンです。それと一本の瓶、籐*でぐるぐる巻いたカザノヴァのマラスキーノ酒*です。それだけではありません。ああほんもののトルコ煙草*！　私はいきなりその一本をうばい取ってあわてふためく歯で吸口*をかみきりました。老婆は燐寸をすってくれました。ああ私の生涯中で、これくらい私を恍惚*とさせてくれたものはありません。私はその瞬間、もしその一服＊の代償としてこの怪しげな老婆が私の生命を要求したとしても、私はよろこんで投げ与えたことでしょう。私は煙にむせび、＊涙を飛ばし、笑い、汗をかきました。そして真白いパンを口一杯に頰張り、それを咀嚼＊する時間も待てず、マラスキーノを瓶から注ぎこみました。私の口の中で、パンの

支那　中国。
あひるの卵の黄味　ピータンは「皮蛋」と表記。アヒルの卵を塩や石灰などに漬けて製する中国料理。黄身は独特の濃緑褐色を帯びる。
鼻稜　通常は「鼻梁」と表記。鼻すじ。
こやつ　「此奴」と表記。こいつ。
出現する世界を間違えた……　民話やお伽噺の世界に登場する魔法使いや魔女さながらの容姿である。作者には、こうしたステロタイプ（紋切型。決まりきった形）な人物造形への偏愛があり、映画『ゴジラ』（一九五四）に登場する芹沢博士も、原作ではマッド・サイエンティスト（狂気の科学者）のような容姿で描かれていた。
籐　ヤシ科の蔓性植物。茎は二〇〇メートル近くも伸びて、葉にはえたトゲで他の樹木などに絡みつく。茎は軽く弾力があるので、籐椅子、ステッキなどの細工物に用いられる。「ラタン」とも。
カザノヴァのマラスキーノ酒　稀代の色事師として著名なジャコモ・カサノヴァにちなんだ名称のリキュール酒。
トルコ煙草　トルコ産の葉タバコ。古くから最良とされる紙巻煙草の原料。エジプト煙草とも。
吸口　紙巻煙草の口にあたる部分に、厚紙を付けた部分。
恍惚　心を奪われて、うっとりと我を忘れるさま。
一服　煙草を一本吸うこと。
むせび　煙で息がつまりそうになりながら。
咀嚼　食物を嚙みくだいて味わうこと。

細かい組織が海綿*のようにその芳烈*なリキュール酒を吸いふくらむのでした。私はその天与の塊*をいくつもいくつも嚥みこみました。私は力を得て寝板の上へ坐りました。そのときです。部屋の中がいっそう明るくなったような気がしましたので、なにげなく窓から空を見て私はぎょっとしました。月が二つ並んで出ているではありませんか!? 酔ったな、私は眼を据えなおしました。やはり、月は二つ並んでこうこうと輝き*ボスポロスの海に映るその光影もちゃんと二つ、さざなみに乗って銀波*にさゆらいでいます*。

「見るでない!」老婆の声です。しゃがれて、瀬戸物の底をすり合わすようないやな響に私は思わず首をすくめました。老婆はそのあるかなしかの唇*をゆがめたとおもうと、

「ヒヒヒヒ」笑ったのです——ああ、なんというといやあな気味の悪い笑い声。私はいったいどうなるのでしょう、この老婆は見も知らぬ私に王者の贈り物*をして私をどうしようというのか。

「東洋の大人*、元気は出たかね」

「誰だか知らんが、婆さん、お蔭でこのとおり生きかえったよ。だがそれで、私はお前さ

ん に 何をしたらよいのだ」

「じゃあ、わしの頼みをきいてくれようというんだね」

「どんなことでも、わしの生胆*が欲しいとでもいうなら、いますぐに取らしてやる」

「ヒヒヒ、おまえさんの胆なんざ、猫の風邪だって治りゃしないよ」

「では何が欲しい？」

「おまえさん、くれるようなものは何も持ってやしないじゃないか、わしはただ預ってもらいたいものがあるんだよ」

「何だい？」

海綿　モクヨクカイメンなどの繊維質は、柔らかく水をよく吸収するため、天然のスポンジとして沐浴や化粧に用いられる。
芳烈　香りが強烈なさま。
天与　天から与えられた賜物。
こうこう　「皓々」と表記。月の光が明るいさま。
銀波　月光や燈火などを反映して銀白色に煌めき光る波。
さゆらいで　揺れ動いて。
あるかなしかの　有るのか無いのか分からないほど、わずかなさま。
王者の贈り物　気前よく無償で与えること。
大人　旦那。
生胆　まだ生きている動物から取りだした肝（肝臓）。

「女だよ」

「女？」

「女だよ、おまえさん、いま月を見たね、月を――二つ出ていたね、もうとうぶん出やしないよ、こんど二つ出るときまで、女をひとり預ってもらいたいんだ、いやかい」

「いやもおうもない、*だが、わしは、その女を餓え死させてしまうかもしれぬ」

「その女はおまえさんのためにいい稼ぎ*をしてくれるよ」

「女って、婆さんの娘かい？」

「ヒヒヒ、わしが攫ってきて育てた女だ。わけがあってね、当分一緒にいられなくなっただけだ。では預ってくれるね、月がまた二つ出たら、返してもらいに来るよ、女はそこの扉のかげに来ている、あとで呼んでやっておくれ」

老婆は立上ると、松葉杖を脇にはさんで、来た時と同じように、コトリ、コトリ、床に義足の先をひびかせて階段を降りていったのです。私は窓から空を見ました。月はひとつ、何ごともなかったように紫紺*の空にかがやいておりました。

5

もうどうでもよかったのです。一時は魂でも、生胆でも、あの老婆に売渡す決心をしてしまった私でしたから。しかし正直なところ、老婆の贈物ですっかり元気を回復したいまになってみると、預ると約束はしたものの、女の正体に不安を抱かぬわけにはゆきませんでした。私は充分に酔って、すっかり恐怖心は薄らいでしまったとはいうものの、さてその女に会うという段取りになると、どれだけの間かは知りませんが、一緒に棲まなければならないのですから、これは私の心を平静にとりすまさせて*いる訳にもゆきません。私は不安と好奇の綯い交った*気持をなおも酒に元気づけて、扉に向ってお入りと声をかけまし

いやもおうもない 有無を言わせず。選択の余地なく。
稼ぎ 働いて金銭を得ること。
紫紺 濃い紫色。
とりすまさせて 気どって。澄まして。
綯い交った 異質なものを混ぜ合わせること。

た。

　ヴェール*で面を包んだ女が、裸足でしずかに部屋に歩み入りました。女は、なんの躊躇*もなく私の前の床板に坐ると、ヴェールをとりのぞきました。ああなんという美しい女！　ひと目で私はそれがペルシャ娘*であることを知りました。椋の実*のような眼、柘榴*の葩のような唇。女は初対面の挨拶のかわりに、にっこり笑って見せました。そして、ぶえんりょに私の顔をまじまじ*眺めながら、深いためいきをつきました。息がくちなし*の花のように甘くさわやかでした。

「娘さん、おまえはこれから私と一緒に棲むことになるのだが、承知なのか*？」

「妾をSuza*とよんでくださいまし、旦那様」

「ではスーザ、おまえはどこから来たの？」

「生れたのはBand-i-Amir*河の上流のDiz-i-Kurd*という山の中――でも永いことPersepolis*の墓の中で暮しましたわ」

「墓の中で？」

ヴェール（veil）女性の顔を隠すための透けた布状もしくは網目状の覆い。面紗。

躊躇　ためらい。逡巡。

ペルシャ娘　ペルシャ生まれの娘。ペルシャはイランの旧称。西南アジアのカスピ海南方に位置するイスラム教国家。中東でも屈指の産油国である。

椋の実　椋はニレ科の落葉高木。丸い実は、秋に黒紫色に熟して食用となる。「椋の実」は秋の季語。

柘榴　ザクロ科の落葉高木で、原産地はペルシャからインドにかけての地域。初夏に鮮紅色の花をつけ、果実は大ぶりの球形で、秋に赤く熟すと一部が裂けて種子を露出する。食用や果実酒にされる。

まじまじ　視線をそらさず、じっと見つめるさま。

くちなし　アカネ科の常緑低木。夏に芳香を放つ白い花をつける。果実は黄色の染料として用いられる。夏の季語。

承知なのか　承諾しているのか。それでいいのか。

Suza　ペルシャ（イラン）の古代都市スーサ（Susa）にちなむ命名か。

Band-i-Amir　バンディ・アミールとも。アフガニスタン中部のバーミヤン州にある六つの湖の総称。コバルト・ブルーの水を湛えており「砂漠の真珠」と呼ばれる。現在は国立公園となっている。

Diz-i-Kurd　イラン南西部ファーズ県の地名。Dezhkordとも。

Persepolis　イラン南西部にかつて存在したアケメネス朝ペルシャの首都。紀元前五二〇年にダレイオス一世が創建。紀元前三三一年にアレクサンドロス大王により破壊され廃墟となった。一九三〇年代に獣頭の大円柱や大階段、壁面彫刻などの遺跡が発掘され、古代の廃都として注目を集めた。ちなみに一九二〇年代から三〇年代にかけては、欧米の探検隊による大規模な遠征調査が活発におこなわれ、ツタンカーメン王の墓の発掘（一九二二）をはじめとする「世紀の発見」が世上を騒がせた時代であった。その影響は、同時代の怪奇映画や怪奇小説にも顕著である。ここにはH・P・ラヴクラフトの名作「アウトサイダー」（一九二六）から、「月ぞ悪魔」におけるスーザの回想を髣髴させるような、結末近くのくだりを引用しておきたい。「いまや余は悪戯に興じる親しげな幽鬼どもと夜風に乗り、昼はナイルの畔、開かずの谷ハドスにある、ネフレン＝カの地下墓地で遊びたわぶれている。もはや余にとって、光とはネブの谷の墳墓を照らす月影だけ、また歓楽とは、大ピラミッドの下でおこなわれるニトクリスの名もなき饗宴だけであることは、重々承知している」（大瀧啓裕訳）

「ええ、廃都ペルセポリスの洞穴には、秘密にいろいろの人が住んでいますの、妾は、あの婆さんと一緒にDaris二世＊とXerxes＊の墓にはさまれたNaksh-i-Rustam＊の墓の洞で六年間くらしていました」

「あの婆さんはいったい何者だい？」

「知りませんわ、妾――ただ妾は小さいときディジ・クルトから攫われてきたのですもの、でもあの婆さんはMunc＊っていう名前のお医者なんですわ」

「医者？」

「はい、その洞穴で、いろいろの病人を治してやっていました――それも外科＊が専門で、妾は看護婦なんですわ」

「へえ――、意外だね、あんなヨボヨボ＊の婆さんがね――で、どうしてコンスタンチノープルへやって来たんだ」

「ナクシ・ルスタムの墓を追いだされましたの、どこだかの探検隊に荒らされて＊」

「だが、ここでだって一緒にいて医者をやってもよさそうなものじゃないか」

「でも、駄目なんですわ、異国人*にはサルタンのおゆるしが出ないしそれに婆さんには妾にいえない用事があって、その間妾がそばにいては都合がわるいのです。旦那様、これ以上のことは聞かないでくださいまし」

スーザは手廻品*を入れてあるらしい袋から小さな陶製の容器を取り出して、私の呑みのこしのマラスキーノ酒を注いでひといきに呑みほして「おいしいのね」と言って、あの

Daris 二世　ダレイオス二世とも。綴りは Darius が正しい。アケメネス朝ペルシャの王（?～紀元前四〇四／在位は紀元前四二三～四〇四）。

Xerxes　アケメネス朝ペルシャの王（在位は紀元前四八六～四六五）クセルクセス一世（紀元前五一九頃～四六五）のこと。ダレイオス一世の子。

Naksh-i-Rustam　通常は「ナグシェ・ロスタム」と表記。ペルセポリスの北に位置する巨岩遺跡。英雄ロスタムの物語を描いた絵（＝ナグシエ）が岸壁に描かれていると信じられたことから、この名で呼ばれるようになった。岩壁の上部には十字形の墓四基が彫られており、ダレイオス一世と二世、クセルクセス一世、アルタクセルクセス一世の墓とされる。

Munc　幻想絵画の名作『叫び』で知られるノルウェーの画家エドヴァルド・ムンク（Edvard Munch）からの連想か。

外科　手術によって身体の損傷や内臓疾患を治療する医学の一分科。

ヨボヨボ　老い衰えて、挙動が弱々しいさま。よろめき歩くさま。

探検隊に荒らされて　一九二〇年代から三〇年代にかけて、西アジアから中東にかけての地域で、探検隊による遺跡の発掘調査が相次いだことを踏まえるか。

異国人　外国人。

手廻品　身のまわりの日用品。

椋の瞳をかがやかせました。私は女を抱きしめて息をつまらせてやりたいほど可愛らしくおもいました。

「おまえが聞いて欲しくないと言うなら聞くまい、だが、どうして選りに選って、*私のような死にそこない*の異国人をたよってやって来たのだい、それだけきかせておいてくれないか」

「さあ、妾にはよくわからないの、ムンクは占いもするから、それで決めたんじゃないかしら――」

まことに頼りない会話ですが、これでペルシャ女スーザと私との初対面が終り、その夜は彼女も私の部屋の固い床板の上へ平気でゴロ寝をし、私は私で地獄から一足飛び*に天国に昇天した気持で前後不覚*に眠りこんでしまいました。

夜が明けました。簡素ですが、スーザの心づくし*の食事が用意されてあります。パンとミルク、それに棗*の砂糖漬がたっぷりありました。もう私は蝸牛*や蕈をたべなくてもすむのでした。婆さんが置いていったトルコ煙草もあります――私はいったい何に感謝したらいいのでしょう。
美しいペルシャ女、スーザは、パンにも棗にも手をつけません。ミルクを飲んだだけで、あとは別に小籠に入っている得体のしれぬ肉の塊のようなものを食べ初めました。私はあっけに取られて*見ていると、さすがに恥かしくなったのか、
「見ないでくださいまし、旦那様、妾こういうものだけしか食べつけて*いないものですから」そう弁解して彼女は食事を中止してしまうのでした。

選りに選って　こともあろうに。
死にそこない　死のうとしたが死ねずにいる状態。
一足飛び　しかるべき過程を経ずに。いきなり。
前後不覚　前後の区別も分からないほど正体をなくしているさま。
心づくし　心をこめて物事をなすこと。

棗　クロウメモドキ科の落葉小高木。春、淡い黄色の花をつける。秋に暗赤褐色に熟する果肉は甘酸っぱく、菓子や料理、漢方薬などにも利用される。
あっけに取られて　意外な事態に驚き呆れて。
食べつけて　食べ慣れて。

6

妖婆ムンク*が私に預けて去ったペルシャ娘スーザは、たしかに素晴らしい玉*でした。彼女は美しいばかりでなく、腹話術*の、それもかつて見たことも聞いたこともない技芸の達人*でありました。彼女は口をつぐんで咽喉の皮膚ひとつ動かさず、腹の底から男の声を発するのです、ことに口で言う女の声と腹でする男の声との掛合噺は技神に入る*とでも申しましょうか。唄もうたいます。ペルシャ一代*の大詩人オーマー・カイアム*の四行詩*を、男のソフトヴォイス*でうたうときなど、私はこれが女のする腹話術とはどうしても信ずることができません。それは彼女の外にもうひとり、男の唄い手が彼女のスカートの蔭にひそんでいるとしか思えませんでした。

それはともかくも、私は一片のパンにすらありつけなかった境涯*から、一躍して*コンスタンチノープル第一流のホテルに移り得る幸運に恵まれました。スーザの芸のおかげです。

彼女は、最初は街頭でそれから客席で、次第にその名声を高め、しまいにはサルタンの王宮にまで招かれるようになりました。彼女の美しさと、コミカルな芸風*と腹話術というそれ自体滑稽な演芸は完全にここの人達をとらえてしまったのでした。面白いように金が入

妖婆　あやしい化物めいた老婆。魔法などに通じた老婆。ちなみに芥川龍之介に「妖婆」（一九一九）という中篇小説があるが、神通力を有する老婆によって恋人を攫われた男の物語である点、本篇と響き交わすものがある。

玉　ここでは、上等な美女の意。

腹話術　自分があやつる人形と会話をしているように演じる芸。人形の発声は口を動かさずにおこなう。

達人　何らかの専門分野の真髄を極めた人。

技神に入る　技芸が、神がかりなほど卓越していること。また、そのようなレベルに到達すること。

ペルシャ一代の　当時のペルシャにおける。

オーマー・カイアム　（Omar Khayyám　一〇四八～一一三一）通常は「ウマル・ハイヤーム」と発音。オマル・ハイヤームとも。十一世紀ペルシャ（イラン）の天文学者、数学者、詩人。ハイヤームは、父の職業だった「天幕造り」を意味する雅号。ニーシャープールに生まれ、セルジューク朝のスルタンであるマリク・シャーに招かれ、天文観測、暦法改正などに携わり、余暇には詩作と酒杯を愛した。中世イスラム世界を代表する大科学者。

四行詩　ペルシャ語で「ルバーイイ」。ウマル・ハイヤームが遺した無常観と飲酒讃美に満ちた四行詩は、詩集『ルバイヤート』としてまとめられ、十九世紀にエドワード・フィッツジェラルドにより英訳されたことで西欧世界でも愛読されることとなった。

ソフトヴォイス　柔らかで深みのある歌声。

境涯　身の上。境遇。

一躍して　ひととびに。

コミカルな　滑稽な。愉快な。

芸風　芸の演じ方や持ち味。

りました。おそらく私の永い興行生活*の中でもこの時が全盛期*といえたのではなかったでしょうか。

　こうなってくると、絶えず私の脳裡に去来する*問題は、いつ妖婆ムンクが彼女を取返しにくるかということです。月が二つ出る、そのときまでの約束で預ったものの、いまでは私にとってスーザはなくてはならぬ存在となりました。そうです――私は彼女に恋しました。それですから月の二つ出る夜を限りなく恐れ初めました。私はいくらかあせり気味になりだしました。いくたびか彼女を口説きもしました。しかしその度に彼女は、あの椋のような眼に悲しそうな色をうかべて、そればかりは思い止まってくださいまし、とむしろ哀願するように訴えて私の抱擁*からすり抜けるのでした。――私を嫌いなのか――と言うと彼女はいっそう悲しげな様子で――まあ、なにもかも御存じのくせに――とでも言いたげな謎っぽい様子で巧みにかわして*しまいます。その可憐な純情さが、ますます私の熱情をかきたてずにはおきませんでした。ああ今にして思えばスーザは私の何層倍*も私を愛していたのでした。どんなに私に抱かれることを望んでいたことか、ただそれを阻みつづけさせた悪魔的な宿命さえ持っていなかったら、彼女は地中海*の磯海鼠*のように、そのからだを私の前に投げだしたに違いありません。

「スーザ、おまえはムンクが迎えに来たら戻るつもりでいるのか？」

「はい、旦那様」

「私を置いても？」

「でも、それが妾に定められた掟ですもの」

「スーザ、後生*だ、行かないでくれ、私はもうおまえなしでは、いっときも*生きてはいられない」

興行生活　興行師としての人生。
全盛期　最も盛んな時期。成功を極めた時代。
脳裡に去来する　頭に浮かぶ。
抱擁　抱き合って愛撫すること。
かわして　「躱して」と表記。体をひるがえしてよけること。すりぬけて。
層倍　倍数を数える語。
地中海　(Mediterranean Sea) ヨーロッパの南岸、アフリカの北岸、アジアの西岸にはさまれた海。エジプト、フェニキア、ギリシャ・ローマなど古代文化発祥の地である。
磯海鼠　海鼠はナマコ綱の棘皮動物の総称。体は円筒状で左右相称。浅海から深海にまで棲息。食用となる。俵子とも。冬の季語。
後生だ　「後生を願う」意味から、強く人に願うときに用いる言葉。たっての願い。
いっときも　わずかの間も。

「ああ、旦那様、妾もどんなにか辛うございます。でも妾がもしムンクの約束に従わなかったら、あの婆はあなたにどんな恐ろしいことを仕掛けるか解りませんもの、妾の大事な旦那様に……」

「どこへでも行く、逃げよう、たとえムンクが魔法使いでも追いかけられない世界の涯を私は知っている。サハラ*の沙漠の中で木乃伊になろうとも、コンゴ*の沼地の中で屍蠟になろうとも、私はお前を手離すのがいやだ。考えただけでも、私はお前を失う生活はたまらないのだ」

「旦那様、うれしゅうございます。そんなにまでおもっていただけるなんて――妾だって――いいえ堪忍*してくださいまし、ああ妾はどうしたらいいのやら――」

彼女はいつもこんな風で、結局は私の手からすり抜けてしまうのでした。私は、ついに決心しました。みすみすスーザ*をムンクの婆あに取返されるくらいなら、たとえこの身が奴の魔力にかかって沙漠の蛇と化せられようとも、その前にかならずやこの恋のみは遂げてみせる。ひたむきに私はスーザをてごめ*にしてもと思いつめました。私は自己弁解もなにもいたしません。ただそうするよりは他になにもない、切羽つまった*ところまで追いやられて来てしまっていたのでした。

サハラ　(Sahara)　アラビア語で「荒野」の意味。サハラ沙漠はアフリカ大陸の北部を占める世界最大の沙漠地帯。東はナイル川、西は大西洋岸、北はアトラス山脈と地中海に接する。

コンゴ　(Congo)　正式名称はコンゴ共和国。アフリカ大陸中西部、コンゴ川（ザイール川とも）流域に位置する国。国土の約半分は熱帯雨林に覆われ、高温多湿である。

屍蠟　蠟化した死体。水中や湿地に長く置かれた死体の脂肪が分解して脂肪酸となり、カルシウムやマグネシウムと結合して石鹼状になったもの。屍脂。

堪忍　こらえること。がまんすること。

みすみす　眼前にありながら、そうと分かっていながら、どうにもできないさま。

てごめ　力ずくで身体の自由を奪うこと。暴力で女性を意のままにすること。

切羽つまった　差し迫った。追い詰められた。

7

一九一八年八月六日、遠くコンスタンチノープルまで灰を降らせたヴェスヴィオス火山*大爆発の前日のことでした。それは忘れもしない、朝から言いようもなく湿気をふくんだ南風がこの都全体をつつんで、人も家畜もぐったりとして元気がなく、人々はパンも酒も摂る元気さえなく、珈琲店の前は氷菓子を買う男女が長い行列をつくったほどでした。夜に入ってもこの熱風は和らがず私は何度目かの沐浴*を終えて食欲もないので、やたらに炭酸水に薄荷酒を割って舐めているのみでした。不思議に頭だけは冴えかえって、なんとはなしに異変の起る前兆を予感していましたが、まさか何百哩*も離れた伊国*のヴェスヴィオスが大爆発をするその気象的影響だなどとは夢にも考えつくわけはありませんでした。私は、私流にまたしても二つの月の出現をおそれ、それに関連してスーザに対する恋情をあらためて燃やし初めていたのでした。

そう、スーザはどうしているだろう？　私は彼女の部屋の鍵穴から、そっと内部を覗いてみたのです。なぜそんなあさましい＊態度をとったのでしたか、私にもわかりません、たぶん朝から悩まされつづけた熱風で頭がどうかしていたのだとでもしておいてください。ああ、私はそこに――かつて見たこともない彼女の美しさを発見して、思わず膝をついてしまいました。それは美の唯一無二の形態でした。――どうお話ししたって、それは再現のしようもありませんがせめて概念＊だけでもお伝えできればと思います。スーザは栗色のつやつやした髪をときほぐして肩からふりわけに前後に波うたせ、どこをみるともないあの椋の眼をうっとりと潤ませています。彼女は冷水をたたえた巨大な藍色の支那陶器の

ヴェスヴィオス火山　(Vesuvius)　イタリア語ではヴェスヴィオ　(Vesuvio)　と表記。イタリア南部のカンパーニア州、ナポリ湾の東岸にある活火山。紀元後七九年八月二十四日の大噴火では、火砕流でポンペイ市を埋没させるなど、これまで数十回にわたり噴火を繰りかえしている。一九四四年三月の噴火では、「フニクリ・フニクラ」の歌でも知られる登山電車が破壊された。ただし一九一八年に大噴火があった事実はない（直近では一九〇六年）。

沐浴　湯水で身体を洗い清めること。湯浴み。

何百哩　「哩」はヤード・ポンド法における距離の単位。一マイルは約一・六〇九三キロメートル。

伊国　イタリア国の略。

あさましい　なさけない。みじめな。いやしい。

概念　おおまかな意味や内容。

甕にぴったりと両の乳房を押しつけ、東洋風のあぐらの間にかかえこんで、その頤*を甕の中央の把手にのせているのでした。彼女は裸身に白絹の腹帯をゆるやかに巻いておりますが、その肌は全体汗にぬれてでもいるのか、脂をうすくひいたように、ぬめらかに*ひかり輝いています——ああ、これはスーザではない、魔女だ！　オッタヴィオ・サルヴァトールの名画*だ！

ところが、この芸術的エクスターセ*を破って奇態*なことが起りました。と申してもこれが彼女の芸なのですから、別段怪しむにも足りないのですが、彼女の腹話術が初まったのです。

……甕の水、汲み代えたばかりだから冷たくていいでしょう……これは女の声。

……まったく生きかえるようだ、もっと近く寄せてもいい……これは男の声。

彼女は甕をぐっと抱き寄せて、白絹を巻いた腹にあてがいました。私はびっくりしました。ここは寄席でも劇場でもない、では彼女は退屈しのぎに腹話術をつかって遊んでいるのか、それとも声の出どころを腹にあると仮定して、この暑さからいたわってやっているつもりなのか、とっさにはなんの解釈もつきませんでした。しかしそんな穿鑿*は正直にいうと、どうでもよかったのです。情火*が、私のなにもかもを征服しつくしてしまいました。私は立ち上り、いきなり扉を押して、彼女の前に立ちはだかりました。

「まあ、旦那様！」彼女は驚きの叫びをあげ、しかし立ち上りもせずに、大甕のかげに裸身をかくすもののようにからだを動かしただけで、唇を半開にしたまま、灼きつくような眼を私に見据えました。私はその眸にすこしも、敵意とか、恐怖を感じませんでした、ただ狼狽*に怯えていたことは慥かです。

「スーザ、いまこそ私の言うことをきいておくれ、私はもうこれ以上待つことも、耐えることもできない。私は今朝から感じている。いまの、この瞬間を取り逃がしたら、私は永

頤　下あご。
ぬめらかに　なめらかに。
オッタヴィオ・サルヴァトールの名画　魔女やサバト（魔女たちの集会）を描いた一連の絵画や詩を遺した十七世紀イタリアの画家サルヴァトール・ローザ（Salvator Rosa 一六一五〜一六七三）のことか。
エクスターセ　エクスタシー（ecstasy）。法悦。恍惚。忘我の状態。
奇態な　不可思議な。風変わりな。
穿鑿　究明すること。ほじくりかえすこと。
情火　燃えさかるような情欲。
狼狽　うろたえること。あわてふためくこと。

遠におまえを失ってしまわなければならないのだ」

彼女はすっくと立上りました。そして私に有無を言わさず、*両手で私を扉の方へ押しかえすのでした。いかに情火に狂っているとはいえ、裸身の彼女にまともに立向われては、たじたじ*とならざるを得ません。そして彼女の豹のようなぶりぶり*する腕の力に、たあいもなく*気押されて*後退りすると見るまに扉の外へ押出されて、私の部屋に追いこまれてしまいました。ばたんという扉の閉る音に、私はむしろ、その時初めて兇暴なほど女を征服する意欲の力がみなぎるのを覚えました。

「スーザ、スーザ」私は喘ぎ叫びながら、扉を押しました。扉の後ではスーザが必死になって押さえている息のみだれが聞えます。

「スーザ、開けないか、開けなければ、ぶちこわしてでも入るぞ!」

「堪忍して、旦那様! これだけはスーザ一生のお願いでございます——決して、決して妾、旦那様がきらいなのではありません、それどころか——でも——ああ——」彼女の涙にびっしょり濡れたような声です。

「よし、もう何も言うまい、スーザ、おまえの……でも……はもう百万遍*も聞いている、はっきり私を拒絶する理由をきこうじゃないか」

「はい、申し上げます。妾には夫が、夫があります」

「夫が？」

「はい、私には、ずっと前から夫があるのでございます」スーザは身悶え、喘ぎ、汗をかき流して、それでも扉を内側から、からだぐるみ*支えています。

「ふん、ディジ・クルトの山の奥に、おまえの帰りを待ってでもか*」

「いいえ、妾のすぐそばに、妾といっしょに」

「ばかなことを！　ここには私とおまえの外誰もいはしない」

有無を言わさず　無理やりに。一方的に。
たじたじ　圧倒されてたじろぐさま。
ぶりぶり　ぷりぷり（弾力のあるさま）の誤植か。
たあいもなく　たわいもなく。張り合いもなく。
気押されて　通常は「気圧され」と表記。相手の勢いに圧倒されて。
百万遍　本来は、弥陀の名号を百万回唱えること。僧侶と信徒が集まり、長大な数珠を繰りまわしつつ念仏を唱える法会のこと。ここでは、何度となくの意。
からだぐるみ　全身で。
待ってでもか　待ってでもいるのか。

「でも、旦那様――あなたはたった今、夫の声を聞かれたはずです」

「え!?」

「さっきの短い会話――たしかにお聞きになってしまわれたはずですのに」

私は大声をあげて笑ってしまいました。なんて可愛いいことを言うスーザ！　あの腹話術の声の主が彼女のいう夫なのか、いやこれはむしろ笑うべきではあるまい、それほど大切にしなければならない、彼女の神芸*なのだもの。私は怒るどころかますます可愛いさの情を増させられるのみ*でした。

「いいよ、スーザ、私はお前の愛する夫をみとめてあげよう、その代り、私はそれを承知でその夫の可愛いい細君を横取りする悪紳士*になりすます*――さあ、おとなしくお開け」

彼女は力尽きたか、扉を支えていた腕をだらりと下げた気配です。私は躍りこみました。スーザは汗びっしょりになって、胸の谷間には湯気のたつほど流れあふれていました。

「ああ、旦那様！　もう、もうスーザはどうなってもいい、旦那様のおこころのままに」

彼女は、くちなしの花の芳香を口からあふれさせ汗みどろ*のからだで私に抱きつきました。

彼女は私のしめつける抱擁の中で、眼を閉じ、唇をひらき、肋骨も脊骨も折れまがるのをさえいとわぬ無抵抗にからだを投げだしてしまいました。私はスーザを床にねじ伏せかけた瞬間、彼女のからだのどこかで、押しつぶされるような、鈍いうめきごえ*を聞いたようにも感じましたが、あとはもうなんにもわからなくなってゆく私でした。

8

電灯も点け忘れて、すっかり暗くなってしまった部屋の中に、月の光が白々と差し入りました。私はふと、何かかすかな物音を遠くの方で聞いたように思います――いつか、どこかで聞いたことのある音――雨だれに似て、それよりもずっとはっきりした音――次第

神芸　神わざ。
増させられるのみ　増すばかり。
悪紳士　悪漢。わるもの。
なりすます　実際はちがうのに、なりきったようにふるまう。
汗みどろ　汗でべとべとになる。汗だく。
うめきごえ　呻き声。

に近づいて来て、その音の正体は木の棒先が床板に触れる音であることが解りかけてきました――コトリ、コトリ。

　私は、弾機*にはじかれたもののように仁王立ち*になりました。ああ、とうとう最後の瞬間が来たのだ。私の眼は本能的に窓から空を見上げました。月が二つ、並んで皎々*と輝いているではありませんか！

「おい、スーザ！」私は顫える声で彼女に叫びました。

「やって来たんだ、ムンクの婆あが、おまえを取返しに来たんだ！」

　私は床の絨毯に膝を折り、彼女の両肩をゆすぶりました。彼女は眼をぱっちりと見開いて、私に無限の愛情をたたえたほほえみを見せ、私の首に両腕をかけて叫ぶのでした。

「旦那様！　スーザを渡さないで、スーザはもう誰のものでもない、旦那様のものなのですから」

「誰が渡すものか、私はこの腕にかけて、おまえを守ってやる！」私の五体*には闘志*がみなぎり渡りました。

出現れました、妖婆ムンクの、あの骸骨のような顔、あらわな歯ぐき、穴だけの鼻、うすいマントを着た松葉杖の婆！

「ヒヒヒヒ」

問答は無用です。私は猿臂*をのばしてムンクの首を鷲摑み*にして宙にぶら下げました。スーザが逸早く私に眼くばせ*をしました。私はその意味を読み取るが早いか、側らのあの支那甕の中へ妖婆を真逆様に投げこんでしまいました。甕の中で、なんといいますか、カヤカヤカヤというような、すすり泣きに似た音がしばらく続いていましたが、それもやがて消え、しいんと静まりかえった頃、並んで輝いていた二つの月は、やがて次第に重なってゆき、ついに普通の月にもどりました。どうなることか見当もつかぬ劇的な最後の幕が、

弾機　「発条」とも表記。鋼などの弾性（外部の力で変形した物体が元に戻る性質）を利用する部材。スプリング。
仁王立ち　仁王像のように厳めしく両足を踏んばって直立すること。
皎々と　白く輝くさま。
五体　全身。
闘志　立ち向かう意志。
猿臂　手長猿のひじのように長いひじ。
鷲摑み　鷲が獲物を捕獲するときのように、荒々しく何かをつかむこと。
眼くばせ　目つきで知らせること。

こんなたあいもない沈黙劇＊に終ったことは、いささか拍子抜け＊の感じで、ダルネシア姫＊を守って悪魔と戦うドン・キホーテ＊の意気込みもどこへやら、私はただもう腹の底から笑いがこみ上げてきて、いつまでも大声をあげて笑いつづけるばかりでした。

私という男は、考えてみればなんという単純な、思慮の浅い人間なのでしょう。これで万事が解決し、もうなんの邪魔もなく、いとしいスーザと大手を振って＊、このコンスタンチノープルの都で暮せるものと有頂天＊になってしまいました。ところが、世の中というも

沈黙劇　(pantomime)　セリフを言わずに動作や表情だけで演ずる劇。無言劇。

拍子抜け　張り合いがなくなること。脱力すること。

ダルネシア姫　ドルシネアとも。『ドン・キホーテ』に登場する架空の貴婦人。近郷の農家の娘を元に、ドン・キホーテが妄想により生みだしたキャラクターである。彼女の美点を世に広めるのが、ドン・キホーテの遍歴の目的のひとつとなる。

ドン・キホーテ　(Don Quijote)　スペインの文豪ミゲル・デ・セルバンテス（Miguel de Cervantes Saavedra　一五四七～一六一六）が、一六〇五年に前篇を、一六一五年に後篇を刊行した長篇小説および主人公の通称。当時ヨーロッパで流行していた騎士道物語を読み過ぎて現実と虚構の区別がつかなくなった郷士（下級貴族）が、みずからを「ドン・キホーテ・デ・ラ・マンチャ」（ラ・マンチャの騎士ドン・キホーテの意）と名告り、痩せ馬ロシナンテにまたがり、従者のサンチョ・パンサを連れて珍奇な遍歴の旅に出る物語である。

大手を振って　誰にも遠慮することなく。

有頂天　得意の絶頂。歓びに我を忘れるさま。

のは決して絶対な幸福を人に与えっぱなしにはしない拗ね者*なのですね。

甕の中の妖婆ムンクは、どうしてそんなくらいでは死ぬものではありません。ムンクは甕の中の水を全部呑み干してしまい、やがてゴソゴソ音を立てて蠢き初めました。どうしよう？　私は眼でスーザに救いを求めました。彼女の面は、やや蒼ざめては見えましたが、いまは何の恐るるところもなく甕に近づいて、いつにないおごそかな調子で物を言い初めました。それは純然たるペルシャ語でしたから、とうてい私には解るはずもありません。後にいろいろのことを綜合してみて、そのとき彼女が甕を距ててムンクに与えた呪の言葉は大体次のようなことだったようです。

……ムンク！　妾をさらって、妾をこんなからだに作りかえて、そうしていつまでも私を苦しめた悪魔のムンク！　いまこそ思い知ったか、お前は、お前がいちばん恐れていた壺というものの中にはめこまれた。妾の愛するお方の手によって。私はお前に復讐することができた。もう、永遠にお前はこの壺の中から出られはしないのだ！　お前は若返りたいばっかりに、その秘密をさずかりにバグダッド*のカリフ*のところへ旅立った。妾をこのお方のところに預けて――でもお前は、若返るどころかもっともっと歳とって、醜くなって戻ってきた。そうさ、お前は若返るにはあまりにも歳をとりすぎてしまっていた。お前はいま四百八十だものね、永遠に、それもどこかの火の山が*火を噴きあげるときまでお前はその壺の中で蠢いているがよい！……

ムンクが甕に閉じこめられている永遠は、あと数時間の後に終りました。と同時に、ああ、スーザが私のものである時間もあと数時間でしかなかったとは！

拗ね者　ひねくれもの。

壺というものの中にはめこまれた　魔物を特定の容器に封じこめる呪法は、洋の東西を問わず散見される。『千夜一夜物語』の「アラジンと魔法のランプ」に登場するランプの魔神など。

バグダッド　(Baghdād) バグダードとも。イラクの首都。古代都市バビロンなどに程近い寒村に過ぎなかったが、七六二年、アッバース朝の第二代カリフ・マンスールによって首都に定められてから発展。ハールーン・アル・ラシード王の治世（七八六～八〇九）に繁栄を極めた。

カリフ　(calif) ハリファとも。アラビア語で後継者、代理者の意。イスラム教の開祖ムハンマドの後継者として、あらゆるイスラム教徒の最高指導者にして政治的支配者となる者の称号。

どこかの火の山が……　不運にもヴェスヴィオス山の噴火によって、スーザの呪言はすぐさま失効することになったのである。

9

その夜半正十二時*。地中海を距てて、イタリアの火の山ヴェスヴィオスは爆発をいたしました。西暦九十六年の大爆発以来、コンスタンチノープルにまで灰を降らせたのは、この時が二度目だったと伝えられています。それと関連があるかどうかは知りませんが、リビア*の沙漠の中央に、大地すべりが起り、あんぐり*開いた裂口*は地軸*をも覗かせるばかり、七週間に亘って沙瀑*が引きつづいたのでした。

かねてから私の「国際秘密見世物協会」の支部が、アレキサンドリア*に設置されておりましたが、いちはやくその支部長R氏はその沙瀑を低空飛行で見物させるため特別仕立のツェッペリン飛行船*を日に二回、現場へ往復させるよう用意が整ったから至急に来てほしいという電報*を打って寄こしました。私は、スーザを急きたてて*飛行機でアレキサンドリアに着き、正午には早くもR氏と連れだってリビア行きのツェ船*の客となっていたのでした。

私が、こんなにもあわただしい、むしろ気狂いじみた行動を取るに到ったについては、商用はともかく、別に理由のあったことでした。

あの夜、スーザはすべての悩ましい桎梏*から解き放たれ、恋の凱歌*に陶酔し得たにもか

正十二時　ちょうど十二時。ぴったり十二時。

リビア　(Libya) アフリカ大陸の北部にあって地中海に面する国。一九五一年にイタリアから独立して建国。

あんぐり　驚くなどして口を大きく開けたさま。

裂口　裂け目の穴。

地軸　古代において、大地の中心を貫き、大地を支えると想像されていた軸。天維（天を支える大綱）と対を成す。

沙瀑　「瀑」は瀑布（滝）。沙の滝。

アレキサンドリア　(Alexandria) アレクサンドリアとも。エジプトの北部、ナイル河口の三角洲の北西端に位置し地中海を臨む都市。紀元前三三二年にアレクサンドロス大王が創建。古代エジプトの首都であり、ヘレニズム文化と地中海貿易の中心地となった。

ツェッペリン飛行船　(Zeppelin-Luftschiff) ドイツの退役軍人で発明家としても知られたツェッペリン伯爵 (Ferdinand von Zeppelin　一八三八〜一九一七) が一九〇〇年に一号機を建造し、その後ツェッペリン飛行船会社として次々に開発建造された硬式飛行船。軍事目的や観光・輸送目的で運航されたが、水素ガスの爆発による事故も絶えなかった。

電報　電信方式により迅速に伝送される通報。電話やインターネットの普及で、現在の需要は慶弔電報にほぼ限られている。

急きたてて　急がせて。催促して。

ツェ船　ツェッペリン飛行船の略。

桎梏　手かせと足かせ。自由を縛るもの。

凱歌　勝ち戦から帰還するときに唄われる歌。勝利の歌。

かわらず、夜をこめて泣き明かし、身悶えつづけていたのでした。私にはさっぱり何が何やら解りません。どうして慰めてみてよいものやら――あたかもよし、*この未曽有の大異変に、せめてスーザの憂愁をすこしでも明るく転換させてやれたらと、*かくはあわただしく飛び立ったのでした。が、これがスーザにとって死の旅立ちとなろうとは、神ならぬ身の*どうして知る由があったでしょう。

見物客百二十名を乗せたリビア飛行船は沙瀑の地上に巨大な魚形の影を落すほどの低空で、はやくも沙瀑の真上にさしかかりました。猛烈な熱風が船体を揺りうごかします。船室は蒸れかえるような熱気ですが窓はとうてい開けられません。同船の*某国皇帝妃も、むろん私達も失礼抜きの*裸で、それでも汗は玉となって落ちかかります。ああ、見下すその沙の*落下！　世界一といわれるあのヴィクトリア・フォールの*何十倍！　裂口までは、流沙は沙しぶきをあげて奔騰し*、樽のような胴体の沙蟒*――Cerastes gigas*が

あたかもよし　ちょうどよいタイミングで。ちょうど折よく。

未曽有の　いまだかつてない。

かくは　このように。

神ならぬ身の……　全能の神ではないこの私に、どうして知ることができたでしょう。

同船の　船に同乗している。

失礼抜きの　礼儀そっちのけの。

沙　砂子とも。小さい石、砂。

ヴィクトリア・フォール　（Victoria Falls）ヴィクトリア瀑布。アフリカ大陸南部のザンベジ川中流、ザンビアとジンバブエの国境地点にある、世界最大級の滝。

奔騰　激しい勢いで上昇すること。

沙蟒　蟒は「うわばみ」。砂に巣くう大蛇の意。

Cerastes gigas　「セラステス」は中世ヨーロッパの伝説に登場する角のある蛇。「セラスティーズは当時の動物寓話集によれば、大変な大きさの蛇で、額からは羊の角のような角が四本突き出していた。この蛇は砂漠に棲息し、砂に体を埋めて角だけを外に出し、餌食を待ち伏せる。動物や人間が何かと思って近づいたとたんに地上に躍り出て、毒牙を相手の肉にくい込ませ、衰弱させて食い尽くすのである」（キャロル・ローズ著／松村一男監訳／原書房版『世界の怪物・神獣事典』より）。アフリカから中東にかけての砂漠地帯には、実際に「ツノヨコバイクサリヘビ」という角のある小型の毒蛇が棲息している。ちなみにCerastes gigas（巨大なセラステス）という学名は、香山滋の造語である可能性が高い。「海鰻荘奇談」の電気鰻ハイドラーナ・エレクトリクスや、「ソロモンの桃」における「動物と植物との中間形態の生物」であるデンドロゾフィーラ・インテルメディウムをはじめとして、虚実さだかならぬ生物学的ペダントリーを駆使した動物怪談の数々は、作者の独擅場であった。「私は大体、凝り性なほうですから、作中、たくさんの大道具、小道具？を使用してきました。外国語は、英語の他は、大学でドイツ語をやっただけですが、作品の雰囲気に合せて色々な外国の言葉を使います。『オラン・ペンデク奇譚』ではマレー語、『十万弗の人魚』では主としてスペイン語、動植物名はラテン語といった具合。言葉に凝るあまり、単語の傍にルビを振るのに三日間かかったことさえありますよ。その他概して、生物学や地理学の資料を集めたり、読んだりするのが大好きなので大変役立っております」（前掲の香山滋インタビュー「ロマンと幻想の詩人」より）。ちなみに香山が原案を手がけた映画『ゴジラ』第一作に始まる特撮怪獣映画における疑似生物学的な演出と趣向（生物学者がバランの学名をバラノポーダーと解説するなど）は、正しくその延長線上に位置づけられるものだ。

組んずほぐれつ*して押し流され、駱駝の集団が風に弄ばれる木の葉のように裂口から落込む壮観*に、誰ひとり声をたてる者すらありません。

「スーザ、どうだ、素晴らしいじゃあないか、ただこれが私の手で作られた見世物でないことだけが残念でたまらない」私は真実そう思わずにはいられませんでした。しょせん最大級の見世物は大自然だけが企画し得るものなのでしょう。

彼女は、その壮観にもさして感興*をそそられぬものか、依然として夕べ*以来の悲しげな態度が抜けたようにも思えません——そして私の独りよがりの夢中にいくぶん非難の眸を向けているようにも思えました。

充分に沙瀑の上空を徘徊*した飛行船は、やがて、沙流に逆行しつつ帰路*にむかい初めました。と、この時です。スーザが凭れていた*窓枠が、いきなり彼女の手で押上げられました。物凄い轟音*とともに熱沙*が吹きこんで反対側の窓硝子をみじんに*破り飛ばしました。

乗客は総立ち*となり、飛行船ははげしく傾いて揺れかえりました。

「何をする、スーザ、気でも狂ったか？」叫ぶまもおそく、*彼女の腹巻の一端を手首にからげて*力いっぱい曳きましたが、もう間に合いません。彼女のからだは、私に布の一端を摑まれたため、船外でくるくると三四回廻転し、真逆様に流沙をめがけて落ちこんでゆくのでした——わずかなその瞬間私は解きほぐされた彼女の腹部に、見るも無慙な*ものをみてしまいました。同時に熱風とともに吹きつけてくる砂塊*に両眼をたたかれて目くらめき、*そのまま意識を失って、ぶったおれてしまったのでした。

スーザ、スーザ——私はアレキサンドリアの病院で、何週間かうわごとに彼女の名を

組んずほぐれつ　烈しく絡み合ったり離れたりして動きまわるさま。
壮観　壮大な眺め。スペクタクル。
感興　興味を感じて面白がること。
依然として　もとのまま。相変わらず。
徘徊　ぶらぶら歩きまわること。
帰路　帰り道。
凭れていた　寄りかかっていた。

轟音　大きく響きとどろく音。
熱沙　高温になった沙。
みじんに　こなごなに。
総立ち　その場の全員が起立すること。
叫ぶまもおそく　叫ぶ時間も惜しんで。
からげて　括りつけて。
無慙　残酷で、いたましいこと。
砂塊　砂のかたまり。
目くらめき　目がくらんで。

呼びつづけ、高熱にうなされながら、いつ正気づくとも思われなかったそうです。ようやく意識が明瞭になってきて、あの日の恐ろしい瞬間が、まざまざと*眼前にうかびあがって来ると同時に、私はなぜあのとき、スーザのあとを追って、飛行船から飛び下りてしまわなかったかと、自分の不覚*が口惜しくてならないのです。そうすれば私はスーザと相抱いたまま、あの沙瀑に乗って地軸に吸いこまれ、この、いまの苦悩も味わずにすませられましたのに——ただ私はこの苦悩も、彼女に対する贖罪*の一端として享受することに、わずかの慰めをつなぎとめてはいるのですけれど。

ああ、あの瞬間、私が、解きほぐされた腹帯の下から、彼女の腹面*に見た無慙なものとは！　男の死顔*でした！　ああ胸がひきつまって*こう言うのさえ苦しい！　それはアルコールの浸液標本*にした「へいけがに*」の甲羅の皺にそっくりでした。それが、スーザのいう彼女の夫だったのです。世界無類*の腹話術のネタ*ででもあったのです。女の腹に同居する男の顔——私はスーザのことを別にして、このことだけを切離して考えると、いまでも嘔気をさえ催すのです——しかもこの男を私が殺したのだとは??

私はもうこれ以上多くを語る勇気を持ちません。そうかといって、このまま口を緘してしまったのでは、何が何やら、あなたをとまどいさせるばかりでなく、スーザの魂に対して冒瀆に終ります。では彼女の遺書を読んでみることにして、この悲しみに満ちた悪魔の物語の終結といたしましょう。

10

〈Suza Assar Chazni, 流れもゆたかに、くちなしの花かおるBand-i-Amir河の上流、Diz-i-Kurd

まざまざと ありありと眼前に見えるさま。
不覚 不注意や油断で失敗すること。
贖罪 (redemption) 犠牲や代償を捧げたり刑罰に服することで、罪をあがなうこと。
腹面 腹の表面。
死顔 死後の顔つき。デスマスク。
ひきつまって しめつけられて。
浸液標本 アルコールの保存液に漬けて作られる標本。
へいけがに ヘイケガニ科の蟹。甲羅の表面に人面に似た皺模様がある。瀬戸内海で滅亡した平家一門の怨霊が蟹と化したものだと伝えられる。
世界無類の 世界で他に類のない。
ネタ 仕掛け。「種」を逆さ読みした隠語。
緘して とざして。
冒瀆 神聖なもの、清らかなものを冒し汚すこと。
終結 創作物の終結部。もとは、芝居の終わりの締め口上。

の州長Jalal-ud-din Chazniの娘より、わたくしを、いのちにかけて、愛し、めぐんでくださいました東洋の客人Taizo Asakura様に一筆*書きのこさせていただきます。わたくし十二歳のとき、いかなる悪魔にみいられてか*、Persepolisの魔都に巣食う妖婆Muncに誘拐され、わたくしの許婚*の夫Omar Hafizと共にムンクの洞穴に押しこめられ、彼女の悪魔の所業*の犠牲に供せられて*しまいました。妖婆ムンクは一四三〇年テーベ*郊外で生れ、オリンポス*の山にかくれて、天体を支配する妖術と、人体を支配する外科術を練磨*し、二百歳にして業成り、*魔神カバラ*に片足を捧げ、出でてペルセポリスの洞穴に閉じ籠り、あらゆる淫業*をほしいままに*してきたのでした。あるときはゴビ*の沙漠に大彗星の雨を降らせて隊商*を殲滅*させ、紅海*の水に太陽を近づけてこれを煮たぎらせ、土星の外枠*を外して金星にはめかえ——月を二つ並びかがやかせて己れの出現を祝福するなど、神々への冒瀆をあえてして止まるところを知りません*でした。また人体をもてあそんでは、言うにたえない所業*の数々があり、なかでも私達の受けた被害などはまだなまやさしいものの部類に入りますけれど、それとても悪魔でさえ面をそむけるほど惨忍なものではな

いでしょうか。わたくしはペルセポリスの洞穴の、ムンクの手術室で開腹され、腸を三分

一筆　一通の手紙。
みいられて　魅入られて。取り憑かれて。
許婚　親同士の意向で幼少時から結婚の約束をすること。その相手。
悪魔の所業　悪魔がやるような邪悪なおこない。
供せられて　供えられて。さしだされて。
テーベ　(Thebae) テバイとも。古代ギリシャのボイオチア東部にあった都市。伝説の王オイディプスの都で、古代ギリシャ悲劇の舞台となった。歴史的には、アテネやスパルタと古代ギリシャの覇権を争ったが、その後は没落、衰退した。ちなみに一四三〇年は、同地がトルコに支配される直前の時期にあたる。
オリンポス　(Olympos) オリュンポスとも。ギリシャ北部の山岳地帯にそびえる霊峰。雪をいただき雲に覆われる神秘的な威容から、ゼウスを主神とするギリシャの神々が鎮座する山とされてきた。
練磨　技芸や学問を磨き鍛えること。
業 成り　学業を達成した。
魔神カバラ　原語表記がないため確かなことはいえないが、オカルティズムの世界で「カバラ」といえば、ユダヤ教の神秘思想である Kabbalah (正しくはカッバーラー Qabbālāh) を指しており、そこには特定の神格の意味は含まれない。妖しげな名称のみを借用したものか。
淫業　みだらな所業。
ほしいままに　思いどおりにふるまうさま。思う存分。
ゴビ　(Gobi) モンゴル高原南東部にひろがる砂漠地帯。ゴビ (戈壁とも表記) とはモンゴル語で、砂礫まじりの荒地 (ステップ地帯) を意味する。
隊商　(caravan) 砂漠など輸送機関が発達していない土地で、ラクダやゾウなど大型の動物の背に交易品を積み、隊伍を組んで往き来する商人のこと。キャラバン。
殲滅　皆殺しにすること。
紅海　(Red Sea) アフリカ大陸とアラビア半島の間にひろがる海。一八六九年にスエズ運河が開通し、地中海と往き来できるようになった。名称の由来は、ある種の藻類によって海水が赤く変色することがあるため。
土星の外枠　土星の赤道上空を何重にも取り巻く薄板状の環のこと。微細な塵や氷片から成る。
止まるところを知りません　いつまでも止まりません。
言うにたえない所業　とても口では言えない酷いおこない。

の一に縮小され、その間隙*に許婚オーマーの頭をはめこまれました。頭といっても、脳髄だけを山猫*の膀胱*袋に包み彼の眼、口、鼻はばらばらにほぐして縫合*されたわたくしの腹面に、あとから移植させられたのです。ひと口に申せば、生きながらわたくしはオーマーと合体させられたのでございます。共同の肺で呼吸をし、共同の胃で消化し、共同の心臓でいのちを保たねばならぬ一身二体*の化物にされてしまいました。腸の長さが短かくなったため、肉食以外は摂ることもできず、すべての内臓が共同で使われるために未だ二十にもならない歳でいながら、もう老いの窶れ*が迫って来ております。なんという、神を忘れた、*無慚な所業をするものでしょう。わたくしは幼いながらオーマーを愛しておりました。しかし、こんなことになっては何もかもあきらめなければなりません。悲しいことですけれど――オーマーは名のみの夫*、いくたび自分の腹に呼びかけて嘆きの叫びを浴びせかけたことでしょう。オーマーもすべてを観念して*しずかにわたくしの腹の上で生きてはいますけれど、その心の中をおもいやるとわたくしはいっそう切なくて、いくたび自殺をくわだてたかしれません。でもわたくしが死ぬことは、とりもなおさずオーマーをも殺すことです。死ぬことさえが今は自由になりません。わたくしはオーマーと固い契り*を立てました。一生、わたくしは男と接触せずに不幸なオーマーと運命を共にしようと。でも、それは徒*でした。あなた様の限りない愛情にふれ――わたくしもペルシャ女の血を享けている*のですもの、オーマーに最後まで操をたてる*決心も、とうとうあの夜、はじめてあなたさまにからだの恋をしてしまいました。いつもいつも、あなた様から逃げ廻っておりましたのも、その辛さに免じて*おゆるしくださいまし。でも、とうとうわたくしは負けました。

間隙 すきま。
山猫（lynx） オオヤマネコ。ネコ科の哺乳類で野生、体長は一メートルにも達する。耳が三角にとがり、毛深く寒さに強い。
膀胱袋 腎臓でつくられた尿を、排出まで溜めておく袋状の器官。平滑筋から成る。
縫合 針と糸などを用いて縫い合わせること。
一身二体 ふたりでひとつのからだ。ちなみに江戸川乱歩「孤島の鬼」（一九二九～三〇）、小栗虫太郎「人魚謎お岩殺し」（三五）、海野十三「三人の双生児」（三五）など、一身二体の幻想は、戦前の怪奇探偵作家たちに好まれたモチーフであった。
老いの窶れ 老化して衰えること。
神を忘れた 信仰心のかけらもない非道な。「神を畏れぬ」に同じ。
名のみの 名前だけで実態のともなわない。
観念して あきらめて。
契り 約束。
徒 一時的でかりそめなこと。はかないこと。
享けている （血を）ひいている。
操をたてる 貞操をまもる。決意を変えない。
免じて 事情を察して。斟酌して。

あの晩わたくしはすべてを投げだしました。罪のつぐないはする覚悟で。わたくしはあなた様の抱擁に身を委ね、腹のオーマーを窒息死させました。オーマーよ、どうぞ恨まないでおくれ。仕向けたのはわたくしです。あなた様がオーマーを殺したのだなんて、飛んでもないお考えは抱かないでくださいませ。その結果は当然共同のからだであるわたくしにも影響せずにはおきません。屍体となったオーマーの顔と脳とは腐敗してゆくでしょう。屍毒*はやがてわたくしをも犯してくるのは必定*です。ああ、これはいったい、他殺なのか、自殺なのか、わたくしにはどうしても解りません、でも、そんなことはもうどうでもよいのです。わたくしは、女としての最初の、そして最後の歓びをあの夜享けたまま、よろこんで死ねる気持ちになれました。涙が、あの夜泣きあかした涙が、すべてを奇麗に洗い去ってくれました。沙瀑へ！　悲しいけれど、わたくしの醜い現実の肉体が、この地球の上から消えてくれる！　わたくしはただ恐れました。あなた様の眼に、わたくしの腹部を触れさせることは何としても耐えられぬ恥かしさです。ですけれど、秘密も遺書としてなら案外平気で書けるものですね。

どうぞ旦那様、いつまでもお栄えくださって、ときどきスーザという女のことを思いだしてくださいまし。でもその時は、この遺書の秘密をすっかり忘れて普通の女としてのスーザにしてくださいまし——最後のお願いでございます。そうして、くちなしの花が白く咲き、そのにおいがあなた様にふりかかるとき、あなた様は、かつてたったいちど抱いてやったスーザという女の愛情の息ぶき*をお思い起してくださいますよう——ではさようなら、さようなら。〉

（「別冊宝石」一九四九年一月号に掲載）

屍毒　生物の死体が、細菌のはたらきにより分解される際に生じる毒性物質。プトマイン。

必定　必ずそうなる定めにあること。
息ぶき　活動の気配。生気。息づき。

押絵と旅する男

江戸川乱歩

この話が私の夢か私の一時的狂気の幻でなかったならば、あの押絵*と旅をしていた男こそ狂人であったに相違ない。だが、夢が時として、どこかこの世界と喰違った別の世界を、チラリと覗かせてくれるように、また狂人が、我々のまったく感じ得ぬ物事を見たり聞いたりすると同じに、これは私が、不可思議な大気のレンズ仕掛け*を通して、一刹那*、この世の視野の外にある、別の世界の一隅*を、ふと隙見*したのであったかも知れない。

いつとも知れぬ、ある暖かい薄曇った日のことである。その時、私はわざわざ魚津*へ蜃気楼*を見に出かけた帰り途であった。私がこの話をすると、時々、お前は魚津なんかへ行ったことはないじゃないかと、親しい友達に突っこまれることがある。そう云われてみると、私はいつの何日に魚津へ行ったのだと、ハッキリ証拠を示すことができぬ。それではやっぱり夢であったのか。だが私はかつて、あのように濃厚な色彩を持った夢を見たことがない。夢の中の景色は、映画と同じに、まったく色彩を伴わぬものであるのに、あの折の汽車の中の景色だけは、それもあの毒々しい押絵の画面が中心になって、紫と臙脂の勝った色彩で、まるで蛇の眼の瞳孔*のように、生々しく私の記憶に焼ついている。着色映画*の夢というものがあるのであろうか。

押絵　人物、花鳥などの形を厚紙で作り、色とりどりの布でくるみ、内部に綿をつめて立体感を出し、板や台紙に貼りつけて作られる絵。羽子板、壁掛、奉納額などになる。押絵にまつわる妖異譚として、本篇は夢野久作「押絵の奇蹟」（一九二九）と双璧を成す。

レンズ仕掛け　レンズを用いた装置。光学器械。乱歩には「レンズというものの恐怖と魅力」を語ったエッセイ「レンズ嗜好症」（一九三六）がある。

一刹那　とても短い時間。一瞬。

一隅　かたすみ。

隙見　隙間から覗き見すること。

魚津　富山県の北東部、北に富山湾、南に立山連峰を臨む市。春先から初夏にかけて、沖合に蜃気楼が観られることで有名。一九三〇年には、魚津港改修工事に際して、海底の埋没林が発見された。

蜃気楼　「蜃」は大蛤の意。大蛤が吐き出す「気」によって、海上に「楼閣」が出没する現象と考えられたことによる命名。海面や砂漠など場所ごとに気温が大きく異なることで光線が屈折し、遠方の景色が間近に見えたり、地上の建物などが宙に浮いて見えたりする自然現象である。海市、かいやぐらなどとも。春の季語。ちなみに蜃気楼をモチーフとする作品には、芥川龍之介「蜃気楼」（一九二七）や横溝正史「かいやぐら物語」（一九三六）などがある。

蛇の眼の瞳孔　夜行性の蛇の眼は、日中は縦に細長くなる。

着色映画　映画がモノクロからカラーに移行するのは一九三〇年代後半なので、本篇執筆の時点では、映画は「色彩を伴わぬもの」だったのである。

私はその時、生れて初めて蜃気楼というものを見た。蛤*の息の中に美しい龍宮城*の浮んでいる、あの古風な絵*を想像していた私は、本物の蜃気楼を見て、膏汗*のにじむような、恐怖に近い驚きに撃たれた。

魚津の浜の松並木に豆粒の様な人間がウジャウジャ*と集まって、息を殺して、眼界一杯*の大空と海面とを眺めていた。私はあんな静かな、唖*のようにだまっている海を見たことがない。日本海は荒海と思いこんでいた私には、それもひどく意外であった。その海は、灰色で、まったく小波一つなく、無限の彼方にまで打続く沼*かと思われた。そして、太平洋の海のように、水平線はなくて、海と空とは、同じ灰色に溶けあい、厚さの知れぬ靄*に覆いつくされた感じであった。空だとばかり思っていた、上部の靄の中を、案外にもそこが海面であって、フワフワと幽霊のような、大きな白帆*が滑って行ったりした。

蜃気楼とは、乳色のフィルムの表面に墨汁をたらして、それが自然にジワジワとにじんで行くのを、途方もなく巨大な映画にして、大空に映しだしたようなものであった。

遙かな能登半島*の森林が、喰違った大気の変形レンズを通して、すぐ目の前の大空に、

焦点のよく合わぬ顕微鏡の下の黒い虫みたいに、曖昧に、しかも馬鹿馬鹿しく拡大されて、*

蛤　マルスダレガイ科の二枚貝。日本各地の海岸の砂泥中に棲息。肉は食用となる。Meretrix lusoria という学名は「戯れる遊女」の意味で、蛤の貝殻を用いて「貝覆い」と呼ばれる遊戯がおこなわれたことにちなむという。二枚の殻がぴたりと合う貝は二つとないことから、婚礼の際の縁起物にもなるなど、男女和合のシンボルでもあり、本篇にはいかにもふさわしい由来だろう。

龍宮城　水底深くにあって龍神が住むとされる宮殿。「浦島太郎」の昔話や、泉鏡花の戯曲「海神別荘」（一九一三）などに登場する。

あの古風な絵　中国の本草書などの影響で、蛤と楼閣を組み合わせた絵柄の「蜃気楼文様」が江戸期に広まり、陶磁器や漆器などの工芸品や浮世絵に描かれたことを指す。鳥山石燕の『今昔百鬼拾遺』（一七八一）にも「蜃気楼」の図がある。

膏汗　苦しいときなどに出る、べとついた汗。

ウジャウジャ　同種のものが群がりうごめくさま。

眼界一杯　目に見えるかぎり。視界。本篇におけるキイワードのひとつで、後半にも登場することに留意。

啞　口がきけないこと。口がきけない人。

無限の彼方にまで打続く沼　海を、あえて沼と、それも果てしない沼と呼ぶことで、得体の知れない無気味さが醸しだされる。本巻所収の「鯉の巴」や芥川龍之介「沼」（『夢』に所収）と読み較べてみよう。

靄　49頁を参照。本篇の世界を浸す靄と闇は、川端康成「片腕」の世界に充満する靄と闇とも、どこかでつながっているのかも知れない。

白帆　白い帆をはった舟。

能登半島　本州の中央部、石川と富山の県境付近から日本海に突出する半島。風光明媚で珍しい民俗なども残存しており、能登半島国定公園となっている。

馬鹿馬鹿しく拡大されて……　乱歩は後にエッセイ「こわいもの」（一九五五）で、幼少期に見た最も怖ろしい悪夢について次のように記している。「空は昼でもなく、夜でもなく、夢にしかない、陰気な色をしていた。その空から、何かおそろしい速度で、私の真上に落ちて来るものがあったが、近づくにしたがって、一匹のコオロギとわかった。豆つぶほどのコオロギが、見る見る、大きくなり、アッと思うまに、それが四角な庭の空一杯の大きさになって、私の頭の上に、のしかかって来た」

見る者の頭上におしかぶさってくるのであった。それは、妙な形の黒雲と似ていたけれど、黒雲なれば*その所在がハッキリ分っているに反し、蜃気楼は、不思議にも、それと見る者との距離が非常に曖昧なのだ。遠くの海上に漂う大入道*のようでもあり、ともすれば、眼前一尺*に迫る異形の靄*かと見え、はては、見る者の角膜*の表面に、ポッツリと浮んだ、一点の曇りのようにさえ感じられた。この距離の曖昧さが、蜃気楼に、想像以上の不気味な気違いめいた*感じを与えるのだ。

曖昧な形の、真黒な巨大な三角形が、塔のように積重なって行ったり、またたく間にくずれたり、横に延びて長い汽車のように走ったり、それが幾つかにくずれ、立並ぶ檜の梢と見えたり、じっと動かぬようでいながら、いつとはなく、まったく違った形に化けていった*。

蜃気楼の魔力が、人間を気違いにするものであったなら、恐らく私は、少くとも帰り途の汽車の中までは、その魔力を逃れることができなかったのであろう。二時間の余も立ち尽して、大空の妖異を眺めていた私は、その夕方魚津を立って、汽車の中に一夜を過ごすまで、まったく日常と異った気持でいたことは確である。もしかしたら、それは通り魔*のように、人間の心をかすめ冒すところの、一時的狂気の類ででもあったであろうか。

魚津の駅から上野*への汽車に乗ったのは、夕方の六時頃であった。不思議な偶然であろうか、あの辺の汽車はいつでもそうなのか、私の乗った二等車*は、教会堂のようにガランとしていて、私の外にたった一人の先客が、向うの隅のクッションに蹲っているばかりであった。

汽車は淋しい海岸の、けわしい崕や砂浜の上を、単調な機械の音を響かせて、際しもな

黒雲なれば　黒雲であれば。

大入道　僧形の大男。ここでは海坊主のイメージか。

眼前一尺　約三〇センチほどの目の前。

異形の靄　通常とは異なる妖しい靄。川端「片腕」における執拗な靄の描写を想起させる。

はては　ついには。

角膜　眼球の外壁前面をおおう透明な膜。

気違いめいた　「気違い」は本篇における重要なキイワードのひとつである。

化けていった　蜃気楼を「化ける」と表現するところは、いかにも乱歩らしい。

通り魔　93頁を参照。

上野　東京都台東区上野。ここでは東北・上信越地方からの玄関口である上野駅を指す。

二等車　旧・国鉄（現在のJR）には、車両に一等車・二等車・三等車の区別があった。

く走っている。沼のような海上の、靄の奥深く、黒血*の色の夕焼が、ボンヤリと感じられた。異様に大きく見える白帆が、*その中を、夢のように滑っていた。少しも風のない、むしむしする日であったから、ところどころ開かれた汽車の窓から、進行につれて忍びこむそよ風も、幽霊のように尻切れとんぼ*であった。たくさんの短いトンネルと雪除けの柱*の列が、広漠たる灰色の空と海とを、縞目に区切って通り過ぎた。

親不知*の断崖を通過する頃、車内の電燈と空の明るさとが同じに感じられたほど、夕闇が迫って来た。ちょうどその時分向うの隅のたった一人の同乗者が、突然立上って、クッションの上に大きな黒繻子*の風呂敷を広げ、窓に立てかけてあった、二尺に三尺ほどの、*扁平*な荷物を、その中へ包み始めた。それが私になんとやら奇妙な感じを与えたのである。

その扁平なものは、多分額*に相違ないのだが、それの表側の方を、なにか特別の意味でもあるらしく、窓ガラスに向けて立てかけてあった。一度風呂敷に包んであったものを、わざわざ取出して、そんな風に外に向けて立てかけたものとしか考えられなかった。それに、彼が再び包む時にチラと見たところによると、額の表面に描かれた極彩色*の絵が、妙に生々しく、なんとなく世の常ならず*見えたことであった。
私は更めて、この変てこ*な荷物の持主を観察した。そして、持主その人が、荷物の異様さにもまして、一段と異様であったことに驚かされた。
彼は非常に古風な、我々の父親の若い時分*の色あせた写真でしか見ることのできないよ

黒血　腫物などから出る腐って黒ずんだ血。悪血などとも。

異様に大きく見える白帆が……　語り手が、まだ蜃気楼モードから脱していないことを示す描写。

むしむし　蒸し暑いさま。

幽霊のように尻切れとんぼ　江戸の浮世絵などでなじみ深い、足のない幽霊の姿を踏まえた描写である。

雪除けの柱　雪の多い地方で、雪害を防ぐために線路沿いに設けられる仕掛けの支柱。

親不知　新潟県糸魚川市の西端に位置する、険しい断崖が海岸線まで迫り出した地帯。親不知駅がある歌の集落を中心に、西の親不知と東の子不知に分かれ、合わせて親不知と総称される。古くから北陸道の最大の難所として知られており、親子であっても相手を助ける余裕がないほど険しい道なので、親不知子不知と命名されたとする説がある。昭和二年（一九二七）の出来事を綴った乱歩のエッセイ「無駄話」（二八）には「魚津へ蜃気楼を見に行って、その帰りに親不知子不知のみすぼらしい宿屋へ滞在してみたり」とある。

黒繻子　繻子織による黒い織物。なめらかで光沢がある。サテン。

二尺に三尺ほどの　約六〇×九〇センチメートルほどの。

扁平　ひらたい。

額　書画や写真を入れて掲げるための用具。

極彩色　濃厚な色彩。派手でけばけばしい彩り。

世の常ならず　普通ではない。ただならない。異常な。

変てこ　「変梃」とも表記。変なさま。妙なさま。ばかげたさま。奇妙な物や人。へんてこりん、へんちき、へんちくりんなどとも。本篇のキイワードのひとつ。

我々の父親の若い時分　乱歩の父・平井繁男は、慶応三年（一八六七）の生まれなので、若い時分というと明治二十年代あたりとなる。

うな、襟の狭い、肩のすぼけた、*黒の背広服を着ていたが、しかしそれが、背が高くて、足の長い彼に、妙にシックリと合って、はなはだ意気*にさえ見えたのである。顔は細面で、両眼が少しギラギラしすぎていた外は、一体*によく整っていて、スマートな感じであった。そして、綺麗に分けた頭髪が、豊かに黒々と光っているので、一見四十前後であったが、よく注意して見ると、顔中に夥しい皺があって、一飛びに六十くらいにも見えぬことはなかった。この黒々とした頭髪と、色白の顔面を縦横にきざんだ皺との対照が、初めてそれに気づいた時、私をハッとさせたほども、非常に不気味な感じを与えた。

彼は叮嚀に荷物を包み終ると、ひょいと私の方に顔を向けたが、ちょうど私の方でも熱心に相手の動作を眺めていた時であったから、二人の視線がガッチリとぶっつかってしまった。すると、彼は何か恥かしそうに唇の隅を曲げて、幽かに笑ってみせるのであった。私も思わず首を動かして挨拶を返した。

それから、小駅*を二三通過する間、私達はお互の隅に坐ったまま、遠くから、時々視線をまじえては、気まずく外方*を向くことを、繰返していた。外はまったく暗闇になっていた。窓ガラスに顔を押しつけて覗いてみても、時たま沖の漁船の舷燈*が遠く遠くポッツリと浮んでいる外には、まったく何の光りもなかった。際涯のない暗闇の中に、私達の細長い車室だけが、たった一つの世界のように、いつまでもいつまでも、ガタンガタンと動いて行った。そのほの暗い車室の中に、*私達二人だけを取り残して、全世界が、あらゆる生き物が、跡方もなく消え失せてしまった感じであった。

私達の二等車には、どの駅からも一人の乗客もなかったし、列車ボーイ*や車掌も一度も姿を見せなかった。そういう事も今になって考えてみると、はなはだ奇怪に感じられるのである。

私は、四十歳にも六十歳にも見える、西洋の魔術師のような風采*のその男が、だんだ

すぼけた　せまくなった。ちぢんだ。
意気　ここでは「粋」の意。
一体に　総じて。おしなべて。
小駅　特急・急行などが停車しない小規模な駅。ひなびた駅。
外方　よそ。わき。
舷燈　船の両舷（左右の船べり）に点ける航海灯。右は緑、左は紅。
そのほの暗い車室の中に……　川端の「片腕」におけるアパトメントの室内や、宮沢賢治「銀河鉄道の夜」の客車内を想起させるシチュエーション。
列車ボーイ　列車内で給仕をする男子。
風采　人の外見。

ん怖くなってきた。怖さというものは、外にまぎれる事柄のない場合には、無限に大きく、身体中一杯に拡がって行くものである。私はついには、産毛の先までも怖さが満ちて、たまらなくなって、突然立上ると、向うの隅のその男の方へツカツカ*と歩いて行った。その男がいとわしく、*恐ろしければこそ、私はその男に近づいて行ったのであった。

私は彼と向きあったクッションへ、そっと腰をおろし、近寄れば一層異様に見える彼の皺だらけの白い顔を、私自身が妖怪ででもあるような、一種不可思議な、顚倒した気持で、目を細く息を殺してじっと覗きこんだものである。

男は、私が自分の席を立った時から、ずっと目で私を迎えるようにしていたが、そうして私が彼の顔を覗きこむと、待ちうけていたように、顎で傍らの例の扁平な荷物を指し示し、なんの前置きもなく、さもそれが当然の挨拶ででもあるように、

「これでございますか」

と云った。その口調が、余り当り前であったので、私はかえって、ギョッと*したほどであった。

「これがご覧になりたいのでございましょう」

私が黙っているので、彼はもう一度同じことを繰返した。

「見せてくださいますか」

私は相手の調子に引込まれて、つい変なことを云ってしまった。私は決してその荷物を見たいために席を立った訳ではなかったのだけれど。

「喜んでお見せいたしますよ。わたくしは、さっきから考えていたのでございますよ。あなたはきっとこれを見にお出でなさるだろうとね」

男は――むしろ老人といった方がふさわしいのだが――そう云いながら、長い指で、器用に大風呂敷をほどいて、その額みたいなものを、今度は表を向けて、窓の所へ立てかけたのである。

私は一目チラッと、その表面を見ると、思わず目をとじた。なぜであったか、その理由

ツカツカ　いきなり、ためらわず歩み寄るさま。
いとわしく　いやで避けたい。
ギョッと　予期せぬ出来事に直面し、驚きや怖れで緊張するさま。

は今でも分らないのだが、なんとなくそうしなければならぬ感じがして、*数秒の間目をふさいでいた。再び目を開いた時、私の前に、かつて見たことのないような、奇妙*なものがあった。といって、私はその「奇妙」な点をハッキリと説明する言葉を持たぬのだが。

額には歌舞伎芝居の御殿の背景*みたいに、幾つもの部屋を打抜いて、*極度の遠近法*で、青畳*と格子天井*が遥か向うの方まで続いているような光景が、藍を主とした泥絵具*で毒々しく塗りつけてあった。左手の前方には、墨黒々と不細工な書院*風の窓が描かれ、同じ色の文机*が、その傍に角度を無視した描き方で、据えてあった。それらの背景は、あの絵馬札*の絵の独特な画風に似ていたといえば、一番よく分るであろうか。

その背景の中に、一尺くらいの丈の*二人の人物が浮き出していた。浮き出していたというのは、その人物だけが、押絵細工*でできていたからである。黒天鵞絨*の古風な洋服を着た白髪の老人が、窮屈そうに坐っていると、（不思議なことには、その容貌が、髪の色を除くと、額の持主の老人にそのままなばかりか、着ている洋服の仕立方までそっくりであった）緋鹿の子*の振袖に、黒繻子の帯の映りのよい*十七八の、水のたれるような結綿*の

美少女が、なんともいえぬ嬌羞*を含んで、その老人の洋服の膝にしなだれかかっている、

そうしなければならぬ感じがして…… 本篇では、眼で見たり覗いたりする行為が、物語の重要なポイントとなっている。それゆえ、いったん眼を閉じる行為は、別の次元への転換点となるのである。

奇妙 乱歩が「奇妙な味の小説」の提唱者でもあることに留意。

歌舞伎芝居の御殿の背景 歌舞伎には、貴顕の御殿が舞台となる演目が多く、絢爛豪華な書割（背景などを描いた芝居の大道具）は、役者の豪奢な衣裳と相まって、異空間へと観客をいざなう視覚効果を発揮する。

打抜いて 部屋の間仕切りを取り払い一続きにして。

遠近法 風景などを実際に眼に見えるのと同じ距離感で描く表現技法。

青畳 真新しい青々とした畳。

格子天井 細い角材を組んだ格子を付けた天井。寺院や御殿などに用いられる。

泥絵具 粘土などを顔料に混ぜた泥状の絵具。

書院 武家や寺院の居宅に設けられた書斎。

文机 書物を載せたり、読書に使用する机。

絵馬札 祈願などの目的で寺社に奉納する絵札。かつては馬や木馬を奉納する代わりとして馬の絵が描かれたが、後に馬以外の画題も描かれるようになった。

一尺くらいの丈の 三〇センチほどの背丈の。

押絵細工 押絵を貼りつけて作られる細工物。

黒天鵞絨 黒い天鵞絨。天鵞絨はイタリア発祥のパイル織物の一種で、厚地で光沢と弾力性があり、しなやかな手触り。ベルベット。

緋鹿の子 緋色の鹿の子。鹿の子は鹿の子絞り。絞り染の文様で、布を白い粒状に隆起させて染め出したもの。

映りのよい 色彩の配合が良い。

水のたれるような つやつやとして色気を感じさせる。水もしたたる。

結綿 日本髪の髪型のひとつ。島田の髷の部分を幅広く結い、その中央を絞縮緬で結び束ねたもの。未婚女性の髪型である。

嬌羞 恥じらうさまが、なまめかしい様子。

いわば芝居の濡れ場*に類する画面であった。

洋服の老人と色娘*の対照と、はなはだ異様であったことは云うまでもないが、だが私が「奇妙」に感じたというのはそのことではない。

背景の粗雑に引かえて、押絵の細工の精巧なことは驚くばかりであった。顔の部分は、白絹は凹凸*を作って、細い皺まで一つ一つ現わしてあったし、娘の髪は、本当の毛髪を一本一本植えつけて、人間の髪を結うように結ってあり、老人の頭は、これも多分本物の白髪を、丹念に植えたものに相違なかった。洋服には正しい縫い目があり、*適当な場所に粟粒ほどの釦までつけてあるし、娘の乳のふくらみといい、腿のあたりの艶めいた曲線*といい、こぼれた緋縮緬*、チラと見える肌の色、指には貝殻のような爪が*生えていた。虫眼鏡で覗いて見たら、毛穴や産毛まで、ちゃんと拵えてあるのではないかと思われたほどである。

私は押絵といえば、羽子板*の役者の似顔の細工しか見たことがなかったが、そして、羽子板の細工にも、随分精巧なものもあるのだけれど、この押絵は、そんなものとは、まるで比較にもならぬほど、巧緻を極めて*いたのである。恐らくその道の名人の手に成ったものであろうか。だが、それが私のいわゆる「奇妙」な点ではなかった。
額全体がよほど古いものらしく、背景の泥絵具はところどころはげ落ていたし、娘の緋鹿の子も、老人の天鵞絨も、見る影もなく*色あせていたけれど、はげ落ち色あせたなりに、名状し難き*毒々しさを保ち、ギラギラと、見る者の眼底に焼つく*ような生気を持っていたことも、不思議といえば不思議であった。だが、私の「奇妙」という意味はそれでもない。

濡れ場　情事の場面。いろごと。
色娘　器量の良い娘。
凹凸　でこぼこ。起伏があって平らでないこと。
正しい縫い目があり　身長三〇センチほどの人間／人形が着る衣服の縫い目……まさに微細の極みであることを示す描写。乱歩のミニアチュール偏愛を窺わせる。
艶めいた　あでやかで色っぽいさま。
こぼれた緋縮緬　緋縮緬は緋色の縮緬で、腰巻や長襦袢など女性の下着類に多く用いられた。赤い下着がはみ出てチラリと覗くさま。
貝殻のような爪が……　このあたりの細密描写は、太宰治「尼」(『獣』に所収)の結末近くのくだりと、鮮やかに響き交わすものがある。
羽子板　はねつき遊びの羽子をつく長方形の板。持ち手があり、絵や押絵の装飾が施される。
巧緻を極めて　きわめて精巧で緻密なこと。
見る影もなく　かつての様子とは様変わりして、見るにたえないありさまであること。
名状し難き　言葉で表現できない。
眼底に焼つく　残像が残るほど強烈なさま。

それは、もし強て云うならば、押絵の人物が二つとも、生きていたことである。

文楽の人形芝居で、一日の演技の内に、たった一度か二度、それもほんの一瞬間、名人の使っている人形が、ふと神の息吹をかけられでもしたように、本当に生きていることがあるものだが、この押絵の人物は、その生きた瞬間の人形を、命の逃げだす隙を与えず、とっさの間に、そのまま板にはりつけたという感じで、永遠に生きながらえているかと見えたのである。

私の表情に驚きの色を見て取ったからか、老人は、いとたのもしげな口調で、ほとんど叫ぶように、

「アア、あなたは分ってくださるかも知れません」

と云いながら、肩から下げていた、黒革のケースを、叮嚀に鍵で開いて、その中から、いとも古風な双眼鏡を取り出してそれを私の方へ差出すのであった。

「コレ、この遠眼鏡で一度ご覧くださいませ。イエ、そこからでは近すぎます。失礼ですが、もう少しあちらの方から。左様ちょうどその辺がようございましょう」

誠に異様な頼みではあったけれど、私は限りなき好奇心のとりことなって、老人の云うがままに、席を立って額から五六歩遠ざかった。老人は私の見易いように、両手で額を持って、電燈にかざしてくれた。今から思うと、実に変てこな、気違いめいた光景であったに相違ないのである。

遠眼鏡というのは、恐らく二三十年も以前の舶来品*であろうか、私達が子供の時分、よく眼鏡屋の看板で見かけたような、異様な形のプリズム双眼鏡*であったが、それが手摺れのために、黒い覆皮がはげて、ところどころ真鍮の生地*が現われているという、持主

左様　そうそう。そのとおり。
ようございましょう　よいでしょう。
かざして　手に持って高くかかげること。
舶来品　外国から渡来した品。
プリズム双眼鏡　全反射プリズム（全反射という光の性質を応用して光の進行方向を変えるプリズム）を採用した双眼鏡。倍率が大きくてもコンパクトなサイズにできる。
真鍮の生地　真鍮は銅と亜鉛の合金。その地肌が見えているのである。

文楽の人形芝居　大阪発祥の人形浄瑠璃芝居。義太夫節に合わせて、三人遣いの人形により演じられる。竹本義太夫の竹本座により貞享年間（一六八四〜八八）に創始されたが、大正期に至って植村文楽軒の文楽座が唯一の継承団体となったため、「文楽」と呼ばれるようになった。
とっさの間に　35頁を参照。
見てとった　見るなり状況を察した。
いと　とても。まったく。
遠眼鏡　望遠鏡や双眼鏡の古風な呼び名。

の洋服と同様に、いかにも古風な、物懐かしい品物であった。

私は珍らしさに、しばらくその双眼鏡をひねくり廻していたが、やがて、それを覗くために、両手で眼の前に持っていった時である。突然、実に突然、老人が悲鳴に近い叫声を立てたので、私は、危く眼鏡を取落すところであった。

「いけません。いけません。それはさかさですよ。さかさに覗いてはいけません。いけません」

老人は、真青になって、目をまんまるに見開いて、しきりと*手を振っていた。双眼鏡を逆に覗くことが、なぜそれほど大変なのか、私は老人の異様な挙動*を理解することができなかった。

「成程、成程、さかさでしたっけ」

私は双眼鏡を覗くことに気を取られていたので、この老人の不審な表情を、さして気にもとめず、眼鏡を正しい方向に持ちなおすと、急いでそれを目に当てて押絵の人物を覗い

しきりと　しばしば。やたらと。
挙動　ふるまい。様子。

たのである。

焦点が合って行くに従って、二つの円形の視野が、徐々に一つに重なり、ボンヤリとした虹のようなものが、だんだんハッキリしてくると、びっくりするほど大きな娘の胸から上が、それが全世界でもあるように、私の眼界一杯*に拡がった。

あんな風な物の現われ方を、私はあとにも先にも見たことがないので、読む人に分らせるのが難儀*なのだが、それに近い感じを思いだしてみると、例えば、舟の上から、海にもぐった蜑*の、ある瞬間の姿に似ていたとでも形容すべきであろうか。蜑の裸身が、底の方にある時は、青い水の層の複雑な動揺のために、その身体が、まるで海草のように、不自然にクネクネ*と曲り、輪廓もぼやけて、白っぽいお化みたいに見えているが、それが、つうッと浮上ってくるに従って、水の層の青さがだんだん薄くなり、形がハッキリしてきて、ポッカリと水上に首を出すと、その瞬間、ハッと目が覚めたように、水中の白いお化が、たちまち人間の正体を現わす*のである。ちょうどそれと同じ感じで、押絵の娘は、双眼鏡の中で、私の前に姿を現わし、実物大の、一人の生きた娘として、蠢き始めたのである。

十九世紀の古風なプリズム双眼鏡の玉*の向う側には、まったく私達の思いも及ばぬ別世界があって、そこに結綿の色娘と、古風な洋服の白髪男とが、奇怪な生活を営んでいる。覗いては悪いものを、私は今魔法使に覗かされているのだ。*といったような形容のできない変てこな気持で、しかし私は憑かれたようにその不可思議な世界に見入ってしまった。

娘は動いていた訳ではないが、その全身の感じが、肉眼で見た時とは、ガラリと変って、生気に満ち、青白い顔がやや桃色に上気し、胸は脈打ち（実際私は心臓の鼓動をさえ聞いた）肉体からは縮緬の衣裳を通して、むしむしと、若い女の生気が蒸発しているように思われた。

私は一渡り、女の全身を、双眼鏡の先で、嘗め廻してから、その娘がしなだれ掛ってい*

眼界一杯　167頁を参照。
難儀　むずかしい。
蜑　海にもぐって貝や海藻などを獲る女性。
クネクネ　やわらかく、波打つように動くさま。
人間の正体を現わす　実は人間だったことが明らかになる。
玉　ここでは球面レンズの意。

魔法使に覗かされているのだ　乱歩が「別世界怪談」の一例として「怪談入門」（一九四八〜四九）で紹介し、世界大ロマン全集版『怪奇小説傑作集2』（一九五八）にも収録したH・G・ウェルズの「卵形の水晶球」を想起させるくだり。魔法使と恋人たちの構図は「月ぞ悪魔」にも通ずる。
しなだれ掛って　甘えて人にもたれかかるさま。

る、仕合せな*白髪男の方へ眼鏡を転じた。

老人も、双眼鏡の世界で、生きていたことは同じであったが、見たところ四十ほども年の違う、若い女の肩に手を廻して、さも幸福そうな形でありながら、妙なことには、レンズ一杯の大きさに写った、彼の皺の多い顔が、その何百本の皺の底で、いぶかしく*苦悶の相を現わしているのである。それは、老人の顔がレンズのために眼前一尺の近さに、異様に大きく迫っていたからでもあったであろうが、見つめていればいるほど、ゾッと怖くなるような、悲痛と恐怖との混り合った一種異様の表情であった。

それを見ると、私はうなされたような気分*になって、双眼鏡を覗いていることが、耐え難く感じられたので、思わず、目を離して、キョロキョロとあたりを見廻した。すると、それはやっぱり淋しい夜の汽車の中であって、押絵の額も、それをささげた*老人の姿も、元のままで、窓の外は真暗だし、単調な車輪の響も、変りなく聞えていた。悪夢から醒めた気持であった。

「あなた様は、不思議そうな顔をしておいでなさいますね」

老人は額を、元の窓の所へ立てかけて、席につくと、私にもその向う側へ坐るように、手真似をしながら、私の顔を見つめて、こんなことを云った。

「私の頭が、どうかしているようです。いやに蒸しますね」

私はてれ隠しみたいな挨拶をした。すると老人は、猫背になって、顔をぐっと私の方へ近寄せ、膝の上で細長い指を合図でもするように、ヘラヘラと動かしながら、低い低い囁き声になって、

「あれらは、生きておりましたろう」

と云った。そして、さも一大事を打開けるといった調子で、一層猫背になって、ギラギラした目をまん丸に見開いて、私の顔を穴のあくほど見つめながら、こんなことを囁くのであった。

仕合せな　幸福な。幸運な。
いぶかしく　不審にも。
うなされたような気分に……　この物語では一貫して、夢の中を思わせる措辞が用いられていることに留意。
ささげた　両手に捧げ持った。
穴のあくほど*　他人の顔などを熱心にじっと見つめるさま。

「あなたは、あれらの、本当の身の上話を聞きたいとはおぼしめしませんかね*」

私は汽車の動揺と、車輪の響のために、老人の低い、呟くような声を、聞き間違えたのではないかと思った。

「身の上話とおっしゃいましたか」

「身の上話でございますよ」老人はやっぱり低い声で答えた。「ことに、一方の、白髪の老人の身の上話をでございますよ」

「若い時分からのですか」

私も、その晩は、なぜか妙に調子はずれな物の云い方をした。

「ハイ、あれが二十五歳の時のお話でございますよ」

「是非うかがいたいものですね」

私は、普通の生きた人間の身の上話をでも催促するように、ごく何でもないことのように、老人をうながしたのである。すると、老人は顔の皺を、さも嬉*しそうにゆがめて、「アア、あなたは、やっぱり聞いてくださいますね」と云いながら、さて、次のような世にも不思議な物語を始めたのであった。

「それはもう、一生涯の大事件ですから、よく記憶しておりますが、明治二十八年*の四月の、兄があんなに(と云って彼は押絵の老人を指さした)なりましたのが、二十七日の夕方のことでござりました。当時、私も兄も、まだ部屋住み*で、住居は日本橋通三丁目*でして、親爺が呉服商を営んでおりましたがね。なんでも浅草の十二階*ができて、間もなくのことでございましたよ。だもんですから、兄なんぞは、毎日のようにあの凌雲

おぼしめしませんかね　お思いにはなりませんか。さも　いかにも。

明治二十八年　一八九五年。日清戦争の講和条約が下関で締結され、樋口一葉が「たけくらべ」を「文學界」に連載した年である。その前年には、乱歩こと平井太郎が三重県名張町で誕生している。

部屋住み　まだ家督相続や分家・独立をせず、親と同居している身分。

日本橋通三丁目　東京駅八重洲中央口から目と鼻の先、八重洲通りと中央通りが交差する一帯の旧地名。現在も「通り三丁目」というバス停の名に面影を留めている。

浅草の十二階　東京都台東区浅草公園内に、明治二十三年(一八九〇)に建造された「凌雲閣」の通称。高さ五二メートル、十二階建の八角形の煉瓦塔であるため「十二階」とも呼ばれた。大正十二年(一九二三)の関東大震災で半壊し、再建の見込みなく解体された。東京における高層建築の先駆であり、歓楽街浅草の顔として親しまれた。

闇へ昇って喜んでいたものです。と申しますのが、兄は妙に異国物*が好きで、新しがり屋*でござんしたからね。この遠眼鏡にしろ、やっぱりそれで、兄が外国船の船長の持物だったという奴を、横浜の支那人町*の、変てこな道具屋の店先で、めっけて*来ましてね。当時にしちゃあ、随分高いお金を払ったと申しておりましたっけ」

老人は「兄が」と云うたびに、まるでそこにその人が坐ってでもいるように、押絵の老人の方に目をやったり、指さしたりした。老人は彼の記憶にある本当の兄と、その押絵の白髪の老人とを、混同して、押絵が生きて彼の話を聞いてでもいるような、すぐ側に第三者を意識したような話し方をした。だが、不思議なことに、私はそれを少しもおかしいとは感じなかった。私達はその瞬間、自然の法則を超越した、*我々の世界とどこかで喰違っているところの、別の世界に住んでいたらしいのである。

「あなたは、十二階へお昇りなすったことがおありですか。アア、おありなさらない。それは残念ですね。あれは一体どこの魔法使が建てましたものか、実に途方もない、変てこれんな代物でございましたよ。表面は伊太利の技師のバルトン*と申すものが設計したこと

になっていましたがね。まあ考えてご覧なさい。その頃の浅草公園＊といえば、名物が先ず

異国物　外国からの輸入品。

新しがり屋　最新の流行や新奇なものに目がない人。

支那人町　チャイナ・タウン。現在の横浜中華街。

めっけて　「見つけて」の訛。

自然の法則を超越した……　特撮テレビ番組『ウルトラQ』（一九六六）における「アンバランス・ゾーン」の概念を先取りするようなくだりである。

バルトン　スコットランド出身の技師・写真家ウィリアム・キニンモンド・バートン（William Kinnimond Burton 一八五六～一八九九）のこと。従って、本篇における「伊太利の技師」という記述は誤りである。内務省衛生局のお雇い外国人技師として、明治二十年（一八八七）に来日。日本では「バルトン」と呼ばれた。東京の上下水道の基本計画などを策定。写真技師としても活動し、森鷗外の「百物語」にも登場する富豪・鹿島清兵衛らと親交があった。また、英国の作家コナン・ドイルとも親しかったという。

浅草公園　明治六年（一八七三）、浅草寺の境内を中心に設置された公園。一区は浅草寺の観音堂、二区は仲見世、三区は伝法院、四区は木馬館一帯、五区は花屋敷一帯、六区は興行街と区分けされ、戦前には東京随一の繁華街としてにぎわった。特に六区は、明治・大正・昭和を通じて大衆的な歓楽街として栄えた。昭和二十六年（一九五一）に廃止。乱歩はエッセイ「浅草趣味」（一九二六）で「僕にとって、東京の魅力は銀座より浅草にある」「江川玉乗り一座のなくなったのは淋しいが、時々小屋掛けのサーカスも来るし、『花やしき』には昔ながらのダーク人形、山雀芸をやっているし、平林、延原両兄が乗った木馬館のメリーゴーラウンドもあるし、因みに、これには僕も乗ったし、最近では横溝正史兄が乗って、大いに気をよくした由である。また僕の大好物の安来節もあるし、そこへ時々は女角力なんて珍物も飛び込んで来るのだ。何とも嬉しくて堪らないのだ」と記している。また晩年の「昔の浅草党」（一九六〇）にも「私は青年時代の或る時期に、浅草公園の近くに部屋借りをして、毎日公園ですごしていたことがある」とある。

蜘蛛男の見世物*、娘剣舞*に、玉乗り*、源水の独楽廻し*に、覗きからくり*などで、せいぜい変ったところが、お富士さまの作り物*に、メーズ*といって、八陣隠れ杉の見世物*くらいでございましたからね。そこへあなた、ニョキニョキと、まあ飛んでもない高い煉瓦造りの塔ができちまったんですから、驚くじゃござんせんか。高さが四十六間*と申しますから、半丁の余*で、八角型の頂上が、唐人の帽子*みたいに、とんがっていて、ちょっと高台へ昇

蜘蛛男の見世物　乱歩は本篇と同じ昭和四年（一九二九）の八月から「講談倶楽部」に連載した長篇『蜘蛛男』の冒頭で、次のように記している。「昔、浅草六区に蜘蛛男という怪物の見世物があった。胴の長さ僅か四寸余、手細くして長く、足縮んで短く、その形が蜘蛛そのままという、無気味な片輪者であった」

娘剣舞　剣舞は刀槍や扇を手に、詩吟に合わせて舞う舞踊。明治維新前後に剣術家の撃剣興行の余興として始まる。日清・日露戦争中は戦意高揚の風潮から剣舞の大会や興行が盛んとなり、当時の流行歌を三味線や鉦太鼓入りで演ずる改良剣舞や、若い女性による娘剣舞が人気を博した。

玉乗り　大きな玉に乗って演じる曲芸。古くは散楽の演目にも含まれるが、日本に伝わったかは不明。ここでは、明治中期から関東大震災まで、浅草六区の大盛館で興行した江川作蔵一座の少年少女による「江川の玉乗り」を指す。「一時、浅草公園を背景として、蔵前の煙草工場の女工とか、活動小屋の女給とか、曲馬娘や玉乗娘とか、卑しい女ばかり出る、長い奇妙な小説を書こうかと思っていたが」（川端康成『浅草紅団』より）

源水の独楽廻し　源水とは、大道芸人・香具師の松井源水を指す。昭和期まで代々、玄水の名跡は受け継がれ、十七代を数えた。松井家の祖・玄長は越中富山の人で、反魂丹を創製。十七世紀後半に四代目の玄水が江戸へ出て、反魂丹を販売する宣伝のため、曲芸や居合抜きの披露を始めたとされる。その後、博多独楽による曲独楽をレパートリーに加え、代々、浅草奥山で歯磨粉や歯痛の薬を売り、曲独楽などで人寄せを

した。明治以降も浅草公園の十二階下で、薬の販売や歯抜き、曲独楽、居合などの大道芸に従事したが、医師規定の制定後は衰微した。

覗きからくり　「覗き機関」とも表記。大道芸の一種。大きな箱状の屋台の前面に、レンズ入りの覗き穴をいくつも開ける。客がレンズごしに覗くと、箱の中の絵が拡大されて立体的に見え、その絵をひもで順に引き上げて一連なりの物語を見せる仕掛けである。屋台の両端に男女が立ち、竹の鞭を叩いて調子を取りながら、七五調の「からくり節」を語り聴かせた。演目は歌舞伎の『八百屋お七』や『お染久松』、明治期には新派の『不如帰』から、上海事変に取材した『肉弾三勇士』までと幅広い。江戸中期から明治、大正期まで縁日祭礼の見世物として人気を博したが、次第に衰微、ただし地方では昭和三十年代頃まで興行されていたという。なお、新潟市（旧・巻町）の巻郷土資料館では、同町の民家で発見された「幽霊の継子いじめ」と「八百屋お七」の中ネタを元に屋台が復元され、口上師による実演が可能となっている（詳しくは小学館版『江戸川乱歩電子全集』第六巻の巻末資料集を参照）。

お富士さまの作り物　香具師の寺田為吉が、明治二十年（一八八七）十一月、浅草六区に造った張りぼて（木骨石灰塗り込め）の富士山。高さ三二メートル余で、頂上の展望台まで螺旋状の登山路を設け、「富士山縦覧場」として行楽客を集めた。台風で破損し取り壊され、跡地はパノラマ館となった。

メーズ（maze）迷路。迷宮。ラビリンス。壁や植込で複雑に区切られた道を進んで行くと、出口も入口も分からなくなり、容易に外に出られなくなることを企図して造られた通路や建物。乱歩はエッセイ「人形」（一九三一）で「八幡のやぶ不知」に「メーズ」と註している。

八陣隠れ杉の見世物　「八陣」は兵法書に見える八陣図に由来し、「隠れ杉」は迷路の異称。英国ハンプトン・コート宮殿の庭園に設けられている杉林の迷路を模して、日本で造られたことに拠る。明治七年（一八七四）に横浜・野毛坂に設けられて評判となり、明治十年（一八七七）には東京の浅草に「運動園」と「八陣運動雛形」、秋葉原に「八陣の備え」、芝大神宮に「八陣運動雛形」……と、それぞれ称する迷路の見世物が開設された（詳しくは蹉跎庵主人編のウェブサイト「見世物興行年表」を参照）。

四十六間　約八四メートル。ただし実際の計測では五二メートルだった。

半丁の余　約五五メートル。

唐人の帽子　「唐人」は唐土の人。中国人。中国の官僚などが正装でかぶる、先のとがったドーム状の帽子。

りさえすれば、東京中どこからでも、その赤いお化*が見られたものです。

　今も申す通り、明治二十八年の春、兄がこの遠眼鏡を手にいれて間もない頃でした。兄の身に妙なことが起って参りました。親爺なんぞ、兄め気でも違うのじゃないかって、ひどく心配しておりましたが、私もね、お察しでしょうが、馬鹿に兄思いでしてね、兄の変てこれんなそぶり*が、心配で心配でたまらなかったものです。どんな風かと申しますと、兄はご飯もろくろく*たべないで、家内*の者とも口を利かず、家にいる時は一間にとじ籠って考え事ばかりしている。身体は痩せてしまい、顔は肺病*やみのように土気色*で、目ばかりギョロギョロさせている。もっとも平常から顔色のいい方じゃあござんせんでしたがね。それが一倍*青ざめて、沈んでいるのですから、本当に気の毒なようでした。その癖ね、そんなでいて、毎日欠かさず、まるで勤めにでも出るように、おひるッから、日暮れ時分まで、フラフラとどっかへ出かけるんです。どこへ行くのかって、聞いてみても、ちっとも云いません。母親が心配して、兄のふさいでいる*訳を、手を変え品を変え尋ねても、少しも打開けません。そんなことが一月ほども続いたのですよ。

あんまり心配だものだから、私はある日、兄が一体どこへ出掛るのかと、ソッとあとをつけました。そうするように、母親が私に頼むもんですからね。兄はその日も、ちょうど今日のようなどんよりとした、いやな日でござんしたが、おひる過ぎから、その頃兄の工風で仕立てさせた、当時としては飛び切りハイカラ*な、黒天鵞絨の洋服を着ましてね、この遠眼鏡を肩から下げ、ヒョロヒョロと、日本橋通りの、馬車鉄道*の方へ歩いて行くのです。私は兄に気どられぬ*ように、ついて行った訳ですよ。よござんすか。*しますとね、兄

赤いお化 先ほどは「白いお化」で、今度は「赤いお化」である。
そぶり 顔色や動作にあらわれる様子。
ろくろく ろくに。充分に。
家内 一家の者。家族の者。
肺病やみ 結核患者。
土気色 土のような色。病気などで憔悴した形容に用いる。
一倍 よりいっそう。
ふさいでいる 気分が沈んで、鬱々としている。
ハイカラ 西洋流を好んだり流行を追ったりすること。洒落者。明治三十年代に帰朝者が、欧米で流行していたハイカラー（high collar）の服を着用しているのを見た新聞記者が「高襟党」と評したことに由来する。
馬車鉄道 「鉄道馬車」とも。軌道上に馬車を走らせ、客や貨物を輸送する交通機関。日本では明治十五（一八八二）〜三十六年（一九〇三）まで営業された。
気どられぬ 気づかれない。
よござんすか 「ようございますか」の訛。よろしいですか。

は上野行きの馬車鉄道を待ちあわせて、ひょいとそれに乗りこんでしまったのです。当今*の電車と違って、次の車に乗ってあとをつけるという訳には行きません。なにしろ車台*が少のござんすからね。*私は仕方がないので母親にもらったお小遣いをふんぱつして、*人力車*に乗りました。人力車だって、少し威勢のいい挽子*なれば馬車鉄道を見失わないように、あとをつけるなんぞ、訳なかったものでございますよ。

兄が馬車鉄道を降りると、私も人力車を降りて、またテクテクと跡をつける。そうして、行きついた所が、なんと浅草の観音様*じゃございませんか。兄は仲店*から、お堂の前を素通りして、お堂裏の見世物小屋の間を、人波*をかき分けるようにしてさっき申上げた十二階の前まで来ますと、石の門を這入って、お金を払って「凌雲閣」という額の上った入口から、塔の中へ姿を消したじゃあございませんか。まさか兄がこんな所へ、毎日毎日通っていようとは、夢にも存じませんので、私はあきれてしまいましたよ。子供心にね、私はその時まだ二十にもなってませんでしたので、兄はこの十二階の化物*に魅入られたんじゃないかなんて、変なことを考えたものですよ。

私は十二階へは、父親につれられて、一度昇ったきりで、その後行ったことがありませんので、なんだか気味が悪いように思いましたが、兄が昇って行くものですから、仕方がないので、私も、一階くらいおくれて、あの薄暗い石の段々を昇って行きました。窓も大きくございませんし、煉瓦の壁が厚うござんすので、穴蔵のように冷々といたしましてね。それに日清戦争*の当時ですから、その頃は珍らしかった、戦争の油絵が、一方の壁にずっ

当今　このごろ。最近。
車台　車両の台数。
少のござんすからね　少ないですからね。
ふんぱつして　思いきった金額を出すこと。
人力車　客を乗せた二輪車を、車夫がひいて走る交通機関。一人乗りと二人乗りがあった。明治三年（一八七〇）から実用化されて広まったが、大正期以降は乗合自動車（タクシー）に駆逐された。近年、観光客向けの乗物として、浅草など各地の観光地で復活している。
挽子　人力車の車夫。
浅草の観音様　金龍山浅草寺のこと。六二八年、隅田川から見つかった観音像を河畔に祀ったことに始まる観音信仰の霊地。
仲店　ここでは、浅草寺に至る境内参道にある商店街のこと。
人波　群衆。人々が群がり動くさまを波にたとえたもの。
十二階の化物　またしても、お化！　乱歩世界はおばけに満ちている。
魅入られた　157頁を参照。
日清戦争　明治二十七年(一八九四)から翌年にかけて起きた、日本と清国との戦い。朝鮮出兵を機に交戦状態となり、平壌、黄海、旅順などで日本側が勝利。翌年四月に講和条約が締結された。

と懸けならべてあります。まるで狼みたいな、おっそろしい顔をして、吠えながら、突貫*している日本兵や、剣つき鉄砲*に脇腹をえぐられ、ふき出す血のり*を両手で押さえて、顔や唇を紫色にしてもがいている支那兵*や、ちょんぎられた辮髪*の頭が、風船玉のように空高く飛上っているところや、なんともいえない毒々しい、血みどろの油絵*が、窓からの薄暗い光線で、テラテラと光っているのでございますよ。その間を、陰気な石の段々が、蝸牛の殻みたいに、上へ上へと際限もなく続*いております。本当に変てこれんな気持ちでしたよ。

頂上は八角形の欄干だけで、壁のない、見晴らしの廊下*になっていましてね、そこへたどりつくと、にわかにパッと明るくなって、今までの薄暗い道中*が長うござんしただけに、びっくりしてしまいます。雲が手の届きそうな低いところにあって、見渡すと、東京中の屋根がごみみたいに、ゴチャゴチャしていて、品川の御台場*が、盆石*のように見えております。目まいがしそうなのを我慢して、下を覗きますと、観音様の御堂だってずっと低い所にありますし、小屋掛けの見世物が、おもちゃのようで、歩いている人間が、頭と足ばかりに見えるのです。

頂上には、十人余りの見物が*一かたまりになっておっかなそうな顔をして、ボソボソ*小声で囁きながら、品川の海の方を眺めておりましたが、兄はと見ると、それとは離れた場所に、一人ぼっちで、遠眼鏡を目に当てて、しきりと浅草の境内を眺め廻しておりました。それをうしろから見ますと、白っぽくどんよりどんより*とした雲ばかりの中に、兄の

突貫　ここでは、鬨の声を挙げて敵陣に突撃すること。
剣つき鉄砲　小銃の先に剣を装着した武器。
血のり　血がねばるのを糊にたとえた表現。ぬらぬらと流れ出る血。
支那兵　中国兵。
辮髪　アジアの北方民族に見られる伝統的な髪形。男子の頭髪を一部を残して剃り落とし、残りを編んで後ろへ長く垂らす。清代の中国では、漢民族に強制された。
血みどろ　血まみれ。血だらけ。乱歩世界のキイワードのひとつである。
際限もなく　はてしもなく。きりもなく。
見晴らしの　景色を広く見渡せる。

道中　ここでは、道のり、行程。
品川の御台場　黒船来航に際して、品川沖に建設された砲台。実際に使用されることなく、一九二六年に史跡に指定された。
盆石　盆山、盆景とも。盆上に、山水の景色に見立てた川石や白砂を配置して、その風趣を味わうこと。室町時代から茶道や華道とともにおこなわれ、さまざまな流派・法式が存在する。
見物　ここでは、見物人。以下は、冒頭の蜃気楼のくだりと照応する描写であることに留意。
ボソボソ　小さな低い声で話すさま。
どんより　低く垂れこめた雲で、空が暗いさま。

天鵞絨の洋服姿が、クッキリと浮上って、下の方のゴチャゴチャしたものが何も見えぬものですから、兄だということは分っていましても、なんだか西洋の油絵の中の人物みたいな気持がして、神々しいようで、言葉をかけるのも憚られた*ほどでございましたっけ。

でも、母の云いつけを思いだしますと、そうもしていられませんので、私は兄のうしろに近づいて『兄さん何を見ていらっしゃいます』と声をかけたのでございます。兄はビクッとして、振向きましたが、気拙い顔をして何も云いません。私は『兄さんのこの頃の御様子には、お父さんもお母さんも大変心配していらっしゃいます。毎日毎日どこへお出かけなさるのかと不思議に思っておりましたら、兄さんはこんな所へ来ていらしったのでございますね。どうかその訳を云ってくださいまし。日頃仲よしの私にだけでも打開けてくださいまし』と、近くに人のいないのを幸いに、その塔の上で、兄をかき口説いた*ものですよ。

なかなか打開けませんでしたが、私が繰返し繰返し頼むものですから、兄も根負け*をしたと見えまして、とうとう一ヶ月来の胸の秘密を私に話してくれました。ところが、その兄の煩悶の原因と申すものが、これがまた誠に変てこれんな事柄だったのでございますよ。兄が申しますには、一月ばかり前に、十二階へ昇りまして、この遠眼鏡で観音様の境内を眺めておりました時、人込みの間に、チラッと、一人の娘の顔を見たのだそうでございます。その娘が、それはもうなんとも云えない、この世のものとも思えない、美しい人で、日頃女には一向冷淡であった兄も、その遠眼鏡の中の娘だけには、ゾッと寒気がしたほども、すっかり心を乱されてしまったと申しますよ。

その時兄は、一目見ただけで、びっくりして、遠眼鏡をはずしてしまったものですから、もう一度見ようと思って、同じ見当*を夢中になって探したそうですが、眼鏡の先が、どうしてもその娘の顔にぶっつかりません。遠眼鏡では近くに見えても実際は遠方のことですし、たくさんの人混みの中ですから、一度見えたからといって、二度目に探しだせると極

憚られた　遠慮した。
かき口説いた　「口説いた」を強調した表現。強く訴えた。説得した。
根負け　根気が続かずあきらめること。降参すること。
見当　おおよその方向。

まったものではございませんからね。

それからと申すもの、兄はこの眼鏡の中の美しい娘が忘れられず、ごくごく内気なひとでしたから、古風な恋わずらいをわずらい始めたのでございます。今のお人はお笑いなさるかもしれませんが、その頃の人間は、誠におっとりしたものでして、行きずりに一目見た女を恋して、わずらいついた男なども多かった時代でございますからね。云うまでもなく、兄はそんなご飯もろくろくたべられないような、衰えた身体を引きずって、またその娘が観音様の境内を通りかかることもあろうかと悲しい空頼みから、毎日毎日、勤めのように、十二階に昇っては、眼鏡を覗いていた訳でございます。恋というものは、不思議なものでございますね。

兄は私に打開けてしまうと、また熱病やみのように眼鏡を覗き始めましたっけが、私は兄の気持にすっかり同情いたしましてね、千に一つも望みのない、無駄な探し物ですけれど、お止しなさいと止めだてする気も起らず、余りのことに涙ぐんで、兄のうしろ姿をじっと眺めていたものですよ。するとその時……アア、私はあの怪しくも美しかった光景を、忘れることができません。三十年以上も昔のことですけれど、こうして眼をふさぎますと、その夢のような色どりが、まざまざと*浮んで来るほどでございます。

さっきも申しました通り、兄のうしろに立っていますと、見えるものは、空ばかりで、モヤモヤとした、むら雲*の中に、兄のほっそりとした洋服姿が、絵のように浮上って、むら雲の方で動いているのを、兄の身体が宙に漂うかと見誤るばかりでございました。がそこへ、突然、花火でも打上げたように、白っぽい大空の中を、赤や青や紫の無数の玉が、先を争って、フワリフワリと昇って行ったのでございます。お話したのでは分りますまいが、本当に絵のようで、また何かの前兆のようで、私はなんともいえない怪しい気持になったものでした。何であろうと、急いで下を覗いて見ますと、どうかしたはずみで、風船

恋わずらい　叶えられない恋をして心身が病気のような状態になること。
行きずりに　通りすがりに。
空頼み　当てにならないことを当てにすること。
熱病やみ　高熱で意識が朦朧としている病人。
止めだて　制止すること。止めさせること。
まざまざと　155頁を参照。
むら雲　ひとむらの雲。

屋が粗相をして、ゴム風船を、一度に空へ飛ばしたものと分りましたが、その時分は、ゴム風船そのものが、今よりはずっと珍らしゅうござんしたから正体が分っても、私はまだ妙な気持がしておりましたものですよ。

妙なもので、それがきっかけになったという訳でもありますまいが、ちょうどその時、兄は非常に興奮した様子で、青白い顔をぽっと赤らめ息をはずませて、私の方へやって参り、いきなり私の手をとって『さあ行こう。早く行かぬと間に合わぬ』と申して、グングン私を引張るのでございます。引張られて、塔の石段をかけ降りながら、訳を尋ねますと、いつかの娘さんが見つかったらしいので、青畳を敷いた広い座敷に坐っていたから、これから行っても大丈夫元の所にいると申すのでございます。

兄が見当をつけた場所というのは、観音堂の裏手の、大きな松の木が目印で、そこに広い座敷があったと申すのですが、さて、二人でそこへ行って、探してみましても、松の木はちゃんとありますけれど、その近所には、家らしい家もなく、まるで狐につままれたような塩梅なのですよ。兄の気の迷いだとは思いましたが、しおれ返っている様子が、余り気の毒だものですから、気休めに、その辺の掛茶屋*などを尋ね廻ってみましたけれども、そんな娘さんの影も形もありません。
探している間に、兄と分れ分れになってしまいましたが、掛茶屋を一巡して、しばらくたって元の松の木の下へ戻って参りますとね、そこには色々な露店*に並んで、一軒の覗きからくり屋が、ピシャンピシャンと鞭の音を立てて、商売をしておりましたが、見ますと、その覗きの眼鏡を、兄が中腰になって、一生懸命覗いていたじゃございませんか。『兄さん何をしていらっしゃる』と云って、肩を叩きますと、ビックリして振向きましたが、その時の兄の顔を、私は今だに忘れることができませんよ。なんと申せばよろしいか、夢を見ているようなとでも申しますか、顔の筋がたるんでしまって、遠い所を見ている目つき

粗相　しくじること。誤ること。
狐につままれた　狐に化かされたように、わけが分からず、ぼんやりするさま。
塩梅　具合。
しおれ返っている　すっかり、しょんぼりしている。

掛茶屋　葦簀（葦を編んで作った簀。日除けなどに用いる）などを差しかけて路傍に設けた縁台で、道往く人に茶菓や軽食を供する、簡易造りの茶屋。
露店　路傍や寺社の境内など、露天に商品を並べる店。大道店。乾店。

になって、私に話す声さえも、変にうつろに＊聞えたのでございます。そして、『お前、私達が探していた娘さんはこの中にいるよ』と申すのです。

そう云われたものですから、私は急いでおあし＊を払って、覗きの眼鏡を覗いてみますと、それは八百屋お七＊の覗きからくりでした。ちょうど吉祥寺の書院で、お七が吉三にしなだれかかっている絵が出ておりました。忘れもしません。からくり屋の夫婦者は、しわがれ声を合せて、鞭で拍子を取りながら、『膝でつっらついて、目で知らせ＊』と申す文句を歌っているところでした。アアあの『膝でつっらついて、目で知らせ』という変な節廻し＊が、耳についているようでございます。

覗き絵の人物は押絵になっておりましたが、その道の名人の作であったのでしょうね。お七の顔の生々として綺麗であったこと。私の目にさえ本当に生きているように見えたのですから、兄があんなことを申したのも、まったく無理はありません。兄が申しますには『仮令＊この娘さんが、拵えものの押絵だと分っても、私はどうもあきらめられない。悲しいことだがあきらめられない。たった一度でいい、私もあの吉三のような、押絵の中の男になって、この娘さんと話がしてみたい』と云って、ぼんやりと、そこに突っ立ったまま、動こうともしないのでございます。考えてみますとその覗きからくりの絵が、光線を取るために上の方が開けてあるので、それが斜めに十二階の頂上からも見えたものに違いありません。

その時分には、もう日が暮かけて、人足*もまばらになり、覗きの前にも、二三人のおかっぱ*の子供が、未練らしく立去りかねて*、うろうろしているばかりでした。昼間からどん

うつろに　心を奪われてぼんやりしているさま。

おあし　見物料。代金。

八百屋お七　江戸・本郷追分の八百屋太郎兵衛の娘お七は、天和二年（一六八二）十二月の大火に遭い、駒込の正仙寺（円乗寺とする説もある）に避難した際、寺小姓（寺で住職などの身近な雑用をつとめる少年）の生田庄之助（左兵衛とする説も）と恋仲となり、また火事になれば再会できると信じて放火する。このため捕えられて、鈴ヶ森の刑場で火あぶりに処されたとされる。この巷説は、井原西鶴の『好色五人女』（一六八六）に採りあげられ、相手の男を駒込・吉祥寺の小姓吉三（吉三郎）に変えて、浄瑠璃や歌舞伎に脚色された。

膝でつっらついて、目で知らせ　「膝でつついて、目で知らせる」の意。男女の隠微な関係を示すしぐさ。

節廻し　謡い物、語り物、歌曲などの音の高低や調子の変化。

耳についている　耳にしたことが忘れられない。

仮令　たとえ。もし仮に。

人足　人々の往来。人出。

おかっぱ　前髪は眉の上で、後髪は襟元で、それぞれ切りそろえた、少女に多い髪形。

未練らしく立去りかねて　未練があるのか立ち去ることもできず。

よりと曇っていたのが、日暮には、今にも一雨来そうに、雲が下ってきて、一層圧えつけられるような、気でも狂うのじゃないかと思うような、いやな天候になっておりました。そして、耳の底にドロドロと太鼓の鳴っているような音が聞*えているのですよ。その中で、兄は、じっと遠くの方を見すえて、いつまでもいつまでも、立ちつくしておりました。その間が、たっぷり一時間はあったように思われます。

もうすっかり暮切って、遠くの玉乗りの花瓦斯*が、チロチロ*と美しく輝きだした時分に、兄はハッと目が醒めたように、突然私の腕を掴んで『アア、いいことを思いついた。お前、お頼みだから、この遠眼鏡をさかさにして、大きなガラス玉の方を目に当てて、そこから私を見ておくれでないか』と、変なことを云いだしました。『なぜです』って尋ねても、『まあいいから、そうしておくれな』と申して聞かないのでございます。一体私は生れつき眼鏡類を、あまり好みませんので、遠眼鏡にしろ、顕微鏡にしろ、遠い所の物が、目の前へ飛びついてきたり、小さな虫けらが、けだものみたいに大きくなる、お化じみた作用*が薄気味悪いのですよ。で、兄の秘蔵の遠眼鏡も、あまり覗いたことがなく、覗いたことが少いだけに、余計それが魔性*の器械に思われたものです。しかも、日が暮て人顔もさだかに見えぬ、うすら淋しい観音堂の裏で、遠眼鏡をさかさにして、兄を覗くなんて、気違いじみてもいますれば、薄気味悪くもありましたが、兄がたって*頼むものですから、仕方なく云われた通りにして覗いたのですよ。さかさに覗くのですから、二三間*向うに立っている兄の姿が、二尺*くらいに小さくなって、小さいだけに、ハッキリと、闇の中に浮出して見えるのです。外の景色は何も映らないで、小さくなった兄の洋服姿だけが、眼鏡の真中に、チンと*立っているのです。それが、多分兄があとじさり*に歩いて行ったのでしよう。見る見る小さくなって、とうとう一尺*くらいの、人形みたいな可愛らしい姿にな

耳の底にドロドロと太鼓の鳴っているような音が　読者をおどろおどろしい世界へと誘う乱歩特有の表現。
花瓦斯　さまざまな形に美しく飾りたてたガス灯（石炭ガスを燃料とする照明装置）。明治期に見られた。
チロチロ　炎が小さく燃えるさま。
お化じみた作用　186頁を参照。
魔性　悪魔や魔物のような性質であること。人を惑わせたり、たぶらかしたりする性格。
たって　強いて。無理を承知で頼むこと。
二三間　約三・六〜五・五メートル。
二尺　約六〇センチメートル。
チンと　キチンと。
あとじさり　後退り。
一尺　約三〇センチメートル。

ってしまいました。そして、その姿が、ツーッと宙に浮いたかと見ると、アッと思う間に、闇の中へ溶けこんでしまったのでございます。

私は怖くなって、(こんなことを申すと、年甲斐もない*と思召ましょうが、その時は、本当にゾッと、怖さが身にしみたものですよ)いきなり眼鏡を離して、「兄さん」と呼んで、兄の見えなくなった方へ走りだしました。ですが、どうした訳か、いくら探しても探しても兄の姿が見えません。時間から申しても、遠くへ行ったはずはないのに、どこを尋ねても分りません。なんと、あなた、こうして私の兄は、それっきり、この世から姿を消してしまったのでございますよ……それ以来というもの、私は一層遠眼鏡という魔性の器械を恐れるようになりました。ことにも、このどこの国の船長とも分らぬ、異人*の持物であった遠眼鏡が、特別にいやでして、外の眼鏡は知らず、この眼鏡だけは、どんなことがあっても、さかさに見てはならぬ。さかさに覗けば凶事*が起ると、固く信じているのでございます。あなたがさっき、これをさかさにお持ちなすった時、私が慌ててお止め申した訳がお分りでございましょう。

ところが、長い間探し疲れて、元の覗き屋の前へ戻って参った時でした。私はハタと*あることに気がついたのです。と申すのは、兄は押絵の娘に恋こがれたあまり、魔性の遠眼鏡の力を借りて、自分の身体を押絵の娘と同じくらいの大きさに縮めて、ソッと押絵の世界へ忍びこんだのではあるまいかということでした。そこで、私はまだ店をかたづけないでいた覗き屋に頼みまして、吉祥寺の場を見せてもらいましたが、なんとあなた、案の定、*兄は押絵になって、カンテラ*の光りの中で、吉三の代りに、嬉しそうな顔をして、お七を抱きしめていたではありませんか。

でもね、私は悲しいとは思いませんで、そうして本望を達した、*兄の仕合せが、涙の出るほど嬉しかったものですよ。私はその絵をどんなに高くてもよいから、必ず私に譲って

年甲斐もない　よい齢をして、ふがいない。意気地がない。
ことにも　とりわけ。特に。
異人　外国人。
凶事　不吉なこと。縁起の良くないこと。
ハタと　突然に。急に。いきなり。

案の定　思ったとおり。予想どおり。
カンテラ　ブリキなど金属製の油壺に灯油を入れて、芯の綿糸に火をともす携帯照明器具。
本望を達した　望みを遂げた。本懐を果たした。

くれと、覗き屋に固い約束をして、（妙なことに、小姓の吉三の代りに洋服姿の兄が坐っているのを、覗き屋は少しも気がつかない様子でした）家へ飛んで帰って、一伍一什*を母に告げましたところ、父も母も、何を云うのだ。お前は気でも違ったのじゃないかと申して、何と云っても取上げて*くれません。おかしいじゃありませんか。ハハハハハ」老人は、そこで、さもさも*滑稽だと云わぬばかりに笑いだした。そして、変なことには、私もまた、老人に同感して、一緒になって、ゲラゲラと笑ったのである。

「あの人たちは、人間は押絵なんぞになるものじゃないと思いこんでいたのですよ。でも押絵になった証拠には、その後兄の姿が、ふっつりと*、この世から見えなくなってしまったじゃありませんか。それをも、あの人たちは、家出したのだなんぞと、まるで見当違いな当て推量*をしているのですよ。おかしいですね。結局、私は何と云われても構わず、母にお金をねだって、とうとうその覗き絵を手に入れ、それを持って、箱根から鎌倉の方へ*旅をしました。それはね、兄に新婚旅行がさせてやりたかったからですよ。こうして汽車に乗っておりますと、その時のことを思いだしてなりません。やっぱり、今日のように、この絵を窓に立てかけて、兄や兄の恋人に、外の景色を見せてやったのですからね。兄はどんなにか仕合せでございましたろう。娘の方でも、兄のこれほどの真心を、どうしていやに思いましょう。二人は本当の新婚者のように、恥かしそうに顔を赤らめながら、お互の肌と肌とを触れあって、さもむつまじく、*尽きぬ睦言*を語りあったものでございますよ。

その後、父は東京の商売をたたみ、*富山*近くの故郷へ引込みましたので、それにつれて、私もずっとそこに住んでおりますが、あれからもう三十年の余になりますので、久々で兄にも変った東京が見せてやりたいと思いましてね、こうして兄と一緒に旅をしている訳でございますよ。

一伍一什　「いちごいちじゅう」とも発音。一から十まで。一部始終。
取上げて　理解して。納得して。
さもさも　いかにも。まったくもって。
ふっつりと　ぷっつり。きっぱりと。
当て推量　明確な根拠もなく推しはかること。憶測。
箱根から鎌倉の方へ　ともに神奈川県の観光地。
むつまじく　（男女の）仲が良く。親密に。
睦言　むつまじい語らい。親密なやりとり。
商売をたたみ　廃業して。
富山　中部地方の北部の県。旧・越中国。明治四年（一八七一）の廃藩置県で富山県となるが、一時、新川県と改称されて県庁が魚津に置かれた。その後、石川県に合併され、同十六年（一八八三）に分離して現在の富山県が成立。県庁所在地は富山市。

　ところが、あなた、悲しいことには、娘の方は、いくら生きているとはいえ、もともと人の拵えたものですから、年をとるということがありませんけれど、兄の方は、押絵になっても、それは無理やりに形を変えたまでで、根が寿命のある人間のことですから、私達と同じように年をとって参ります。ご覧くださいまし、二十五歳の美少年であった兄が、もうあのように白髪になって、顔には醜い皺が寄ってしまいました。兄の身にとっては、どんなにか悲しいことでございましょう。相手の娘はいつまでも若くて美しいのに、自分ばかりが汚く老込んで行くのですもの。恐ろしいことです。兄は悲しげな顔をしております。数年以前から、いつもあんな苦しそうな顔をしております。それを思うと、私は兄が気の毒でしようがないのでございますよ」

　老人は暗然として押絵の中の老人を見やっていたが、やがて、ふと気がついたように、

「アア、飛んだ長話をいたしました。しかし、あなたは分ってくださいましたでしょうね。外の人達のように、私を気違いだとはおっしゃいませんでしょうね。アア、それで私も話甲斐があったと申すものですよ。どれ、兄さん達もくたびれたでしょう。それに、あなた

方を前に置いて、あんな話をしましたので、さぞかし恥かしがっておいででしょう。では、今やすませてあげますよ」

と云いながら、押絵の額を、ソッと黒い風呂敷に包むのであった。その刹那*、私の気のせいであったのか、押絵の人形達の顔が、少しくずれて、一寸恥かしそうに、唇の隅で、私に挨拶の微笑を送ったように見えたのである。老人はそれきり黙りこんでしまった。私も黙っていた。汽車は相も変らず、ゴトンゴトンと鈍い音を立てて、闇の中を走っていた。

十分ばかりそうしていると、車輪の音がのろくなって、窓の外にチラチラと、二つ三つの燈火が見え、汽車は、どことも知れぬ山間の小駅に停車した。駅員がたった一人、ぽっつりと、プラットフォーム*に立っているのが見えた。

根が 本来が。
相手の娘はいつまでも…… 乱歩のエッセイ「人形」(一九三一)より――「人間に恋はできなくとも、人形には恋ができる。人間はうつし世の影、人形こそ永遠の生物」。
暗然として 暗く哀しげな様子で。
話甲斐 話した値打ち。話した意味。
刹那 瞬間。その一瞬。
プラットフォーム (platform) 乗客の乗り降りや貨物の積みおろしなどに使用するための駅の施設。

「ではお先へ、私は一晩ここの親戚へ泊りますので」

老人は額の包みを抱てヒョイと立上り、そんな挨拶を残して、車の外へ出て行ったが、窓から見ていると、細長い老人の後姿は（それがなんと押絵の老人そのままの姿*であったか）簡略な柵の所で、駅員に切符を渡したかと見ると、そのまま、背後の闇の中へ溶けこむように消えて行ったのである。

（「新青年」一九二九年六月号掲載）

押絵の老人そのままの姿　ドッペルゲンガー（分身、自己像幻視）妄想へと読者を駆りたてるような不穏な描写である。

影の狩人

中井英夫

壹

青年はひたすら夜を待った。夜になれば親しい友人のような顔をして〝彼〟が訪れてくれるからだ。

貮

〝彼〟に初めて逢ったのは、行きつけの近所のスナックで、カウンターに並んだ客と頻りに悪魔の話に興じているのが関心を唆った。いくらか翳のある横顔*で、それまで見かけたことはない。齢はやや上というところか、悪魔についてもその階級から役割*と詳しかったが、知識を誇るような話し方ではなく、もっぱら悪魔の美しさだけを話題にした。醜い駱駝の姿で現われるベルゼビュート*など御免だ*というのである。

青年はいつもより長く、余分にウイスキーグラスを手にしていたが、隣の話が血の供儀*から失われた大陸*に移ったところで立上がった。部屋に帰って、自分だけの夢想に耽りたくなったからだった。立つとき偶然に眼が合って、相手が前からの知合いのように軽くうなずいたのにどぎまぎし*、慌てて外に飛びだした。

興じている　面白がっている。
翳のある　「翳」は「影」や「陰」に同じ。隠れた暗い面がある。
階級から役割　西欧のデモノロジー（悪魔学）においては、実に多彩な種類の悪魔が知られており、そのヒエラルキー（階層制、上下関係）も厳密に定められている。コラン・ド・プランシー『地獄の辞典』（一八一八）などを参照。
ベルゼビュート　(Belzebuth)「ベルゼブブ（Belzebub）」とも。聖書中でも「悪魔の帝王」と言及されているように、魔王サタンに次ぐ強大な権力と邪悪さを有するとされる。その名は「蝿の王」を意味し、巨大な怪物蝿の姿で描かれることが多いが、必ずしも一定ではない。本篇において「醜い駱駝の姿」とされているのは、フランスの作家ジャック・カゾット（Jacques Cazotte　一七一九〜一七九二）の長篇幻想小説『悪魔の恋　Le Diable amoureux』（一七七二）に登場するベルゼビュートを意識したものと考えられる。同書のベルゼビュートは、駱駝から可憐な人間の娘に化身して、主人公を魅了するのである。
御免だ　いやだ。願い下げだ。
血の供儀　人や動物の鮮血を神に捧げる宗教儀礼は、世界各地に存在したことが伝えられている。古代インカやアステカの祭祀は、特に有名である。
失われた大陸　天変地異によって海中に沈んだと伝えられる伝説の大陸。ジブラルタル海峡外側の大西洋中にあったとされプラトン『対話篇』にも言及されているアトランティス（Atlantis）、太平洋にあったとされイースター島の巨石文化とも関連づけられることがあるムー（Mu）、インド洋に存在したといわれ、後に神智学者によってムーと同一視されたレムリア（Lemuria）など。
どぎまぎ　不測の事態に対応できず、うろたえたり慌てるさま。「押絵と旅する男」の語り手と男の出逢いに通ずる。

冷えこみが鋭く、寒気と遠い星のほかには何もない暗い道だったが、お誂え*に黒猫が一匹、先を歩いているので青年は笑った。借りている離れ*の庭先をいつも用心深く横切り、時折こちらを窺っている奴に違いない。まだ若く、しなやかな姿態で、手馴づけようとして口笛を吹いたり、小魚を抛ったり*してみても、軽い跳躍で姿を隠し、甘える気配はなかった。

いまも黒猫は、先導するように歩いて行きながら、眼を離したとも思わぬうち、不意に姿を消した。そこは両側とも石の塀の、邸街*の裏手だったから、塀を駆けのぼりでもするほか、隠れるところはない。

——やはり知らんふりをしながら、気を許してはいなかったんだ。

青年はそんなことを考え、黒猫ならば闇に紛れることはいくらでも可能だと思うと、なにか自分がなくしものをしたような気になった。

……その夜、青年は、なかなか温もろうとしないベッドの中で、幻の黒猫を抱いた。猫は滑らかな天鵞絨*の柔毛*に蔽われ、甘えて擦り寄ってきた。のみならず次第に大きさを増し、重さを増した。手触りも猫のように柔らかくなく、しなやかであっても筋肉質の肉体に変った。ふさふさと長い尻尾が下肢＊にまつわり、愛撫に似た軽打＊を繰り返した。これは黒猫などではなく、今夜の話に出たあの美しい悪魔かも知れないと思いながら、青年は眠りに落ちた。

參

〝彼〟と二度めに出逢ったのは次の週の水曜で、話しているのは夭折＊した天才についてだ

お誂えに 望みどおりに。期待どおりに。
離れ 離れ座敷。母屋から離れた座敷。
抛ったり 放ってやったり。
邸街 お屋敷町。高級住宅街。
天鵞絨質 177頁を参照。

柔毛 柔らかい毛。和毛。
下肢 脚部。（動物の）後あし。
軽打 通常は器械用語で、弁を押し上げる働きをする装置のことだが、ここでは指先で軽やかに連打するさま。
夭折 若くして世を去ること。早死。

った。五次元方程式*とか楕円関数*とかいっているところからすると数学者のことらしい。数学者ではガロア*しか知らない。それも業績は皆目*判らず、ただ時の官憲の仕組んだ入念な罠に嵌って、決闘という名目*で嬲り殺し*にされた経緯だけを覚えている。実際、ド・ルルシン街*の療養所で、さも*偶然のように同室者となった美青年アントワン・ファレール*ほど卑劣な犬*はいないだろう。その悪意は、陽気でほとんど鼻唄まじりなだけに、反吐が出るほどおぞましく*思われる。

青年がグラスを前にぼんやりしているうち、話は麻薬から自白剤*のことに変っていた。どうやら彼は、地上の出来事の中でも、ことさらに影に涵された*部分が好みらしい。それなら自分も同じだ。話がさらに植物毒*に及んだとき、青年はかすかな苛立ちを感じた。

肆

三度め、青年は初めて〝彼〟のすぐ隣に坐ることができた。彼は珍しく一人でいたが、先週の土曜のようにごく自然にうなずき、親しみの持てる笑顔を向けた。いつも話をしている客を待っているのかなという遠慮もあり、それに、いざとなるとこちらから何を話題

五次元方程式　「五次方程式」とも。四次までの代数方程式は累乗根を用いて、二項方程式を繰りかえし解くことにより、その解を求めることができる。これを四次以下の代数方程式は、代数的に解けるという。ノルウェーの数学者アーベル(Niels Henrik Abel　一八〇二～一八二九)は、五次以上の代数方程式は、代数的に解けないことを証明した。

楕円関数　複素解析において、二方向に周期を持つ有理型二重周期函数を指す。アーベルによって、楕円積分の逆函数として発見された。

ガロア　(Évariste Galois　一八一一～一八三二)夭折したフランスの天才数学者、反政府活動家。時代にはるかに先駆けた数学理論を築いたため生前はまったく理解されぬまま、二十歳で恋愛絡みの(一説に官憲による策謀とも)決闘に臨み、翌日死亡した。決闘前日、友人に宛てた書簡の中に開陳されていた数学理論の重要さに注目した数学者ジョゼフ・リウヴィル(Joseph Liouville)が、遺稿とともに書簡を公刊したことで、その功績が後世に伝えられた。ガロア理論の導入により、後の「群」論および「体」論の基礎を築く。ほかに楕円関数やアーベル積分に関する業績でも知られる。

皆目　まったく。全然。

名目　表向きの理由。口実。

嬲り殺し　じわじわ苦しめ、もてあそぶように殺害すること。

ド・ルルシン街　ガロアが仮出所後に収容されたフォートリエ療養所の所在地。現在のパリ、ブロカ通り九四番地。

さも　いかにも。

アントワン・ファレール　アントワーヌとも。インフェルトによる小説風伝記『ガロアの生涯――神々の愛でし人』(一九四八)で、謀殺の手引きをした人物として登場。ただし真偽の程は不明である。

卑劣な犬　ここでの「犬」は、官憲の手先、まわし者の意。

おぞましく　ぞっとするほど厭なさま。

自白剤　自白を強要するために使用する薬物。

涵された　通常は「浸された」「漬された」と表記。液体の中に入れておくこと。「涵」には「たっぷりとひたす」の意味がある。

植物毒　トリカブトなど特定の植物から製造される毒物。

にしていいか判らない。すると彼は囁くようにいいだした。

「このごろは星空が美しいね」

「え？　ああ、そうですね」

青年はぎこちなく＊答えて咳払いをした。

「ぼくは変光星＊が好きなんだ」

彼は続けた。

「あれはいかにも星が息づいているという感じがするからね」

「でもまだぼくは見たことがありません」

「見なくても判るだろうに」

彼はやや語気を強めていた。

「蝕変光星は二つの星がお互いに蝕み、脈動変光星は一つの星が膨脹と収縮を繰り返す、そういう知識よりも、こうして坐りながら星と一緒に呼吸できることの方がぼくには楽しいのさ。腹式呼吸＊じゃなくて星式呼吸かな」

そういうと彼は、カウンターの壁の向うに変光星が見えでもするかのように、静かな深呼吸をしてみせた。

「貴方は何というか……」

青年は言葉を探した。

「物事の影の部分がお好きなようですね*」

「そうかもしれない」

彼は素直にいった。

ぎこちなく　「ぎごちなく」とも。挙動や表現が不馴れで不自然なさま。

変光星　観測される明るさが変化する恒星。変光の周期は、数時間から数年間までさまざまである。二個以上の連星が互いに蝕しあう（隠しあう）ものを蝕変光星（通常は「食変光星」と表記）、恒星自身が物理的に膨張収縮するものを脈動変光星と呼ぶ。

腹式呼吸　「横隔膜呼吸」とも。肺＝胸部ではなく、おもに横隔膜の伸縮によっておこなわれる呼吸法。

物事の影の部分がお好きなようですね　これは作者である中井英夫自身の嗜好でありポリシーでもあった。怪談もミステリーも幻想小説も、「物事の影の部分」にこそ息づく文学である。

「星の光は弱いからいい、強ければ影が落ちるでしょうからといったのは、ワロージャという少年*だけど」

それからその星の光と影*が交々*に差すような表情をふりむけて言葉を継いだ。

「確かにぼくには逆しま*の思考の方が性に合ってる*ようだな。たとえば壁画で有名な洞窟があるとする。普通ならその入口を撮るにしても外から撮るけれども、外国の本に一枚だけ、中からその入口を撮った写真があって、それがなんともいえず雰囲気を伝えていた、そういった物の見方ね。だって、中からではそこは出口に違いないけれど、古代の壁画の世界に遊んでから夢が醒めたように引返して外に戻ろうとするとき、ほうっと明る*んだその出口は、また確かに別の次元の入口になっているはずだよ。カメラマンの意図もそこにあったと思うんだけれど」

青年はようやく彼のいう影の世界が朧ろげに理解できるような気がした。それを目指すこの人物は、いったい影のコレクター*というべきか、それとも影の狩人といったらいいのか、言葉を反芻*しながら黙っていると、相手はもういち早く話題を飛躍させていた。

「まあ壁画は壁画で立派なものだけど、ぼくはね、手宮洞窟*の古代文字*のようにあやふや

ワロージャという少年　ロシア象徴主義の作家フョードル・ソログープ（Fyodor Kuz'mich Sologub　一八六三～一九二七）の短篇小説「光と影」の主人公。「やせぎすで、蒼白い、十二歳になる少年」（中山省三郎訳）で、母親ともども影絵の魔力に取り憑かれてしまう。「昭和十二年に岩波文庫で中山省三郎の『かくれんぼ・白い母』が出て、中学三年だった私を魅了し尽した。（略）中山省三郎氏の澄明な日本語は、影絵ばかりしている少年ワローヂャとその母、エヴゲーニヤ・ステパノヴナが次第に影の中にだけ真実を見出し、そして二人して静かに狂ってゆく『光と影』にもっとも鮮かに生かされている。それが昭和十二年という、日中戦争が始まり、日独伊防共協定が結ばれた時だけに、梶井基次郎の『Kの昇天』ともども、はっきりと〝影の勝利〟を謳い上げたといっていい。」（中井英夫「影の勝利――ソログープのこと」より）

光と影　さりげなくソログープの作品タイトルを暗示しているのだ。

交々に　かわるがわる。

逆しま　さかさま。物事の順序や位置が逆転していること。十九世紀末デカダン美学の聖典ともいわれるフランス作家ユイスマンスの名著『さかしま』を意識した言及か（一九六二年に桃源社から初刊行された澁澤龍彦訳『さかしま――美と頽廃の人工楽園』は、戦後日本における影の狩人たちをこよなく魅了したものだ）。

性に合ってる　性格や嗜好にしっくりと合う。

ほうっと　「ぼうっと」とも。ほのかに明るくなったり、顔に赤みがさすさま。

コレクター　（collector）蒐集家。

反芻　何度も繰りかえして考えること。

手宮洞窟　北海道・小樽市手宮にある海食洞窟。洞窟内で発見された岩壁彫刻（陰刻画）は国の指定史跡。慶応二年（一八六六）に発見され、明治十一年（一八七八）に榎本武揚が視察したことをきっかけに存在が世に広まり、英国の地震学者ジョン・ミルンをはじめ多くの考古学関係者が同地を訪れた。彫刻については文字説・絵画説・偽刻説が長らく論議の的となったが、現在では文字説と偽刻説は否定されている。

古代文字　日本の神代文字やシュメールの楔形文字など、古代において用いられたが現代では滅びた文字の体系。

なものじゃない、文字の記録が残されていたらと思うな。しかもそれが暗号*だったらすばらしいじゃないか」

「古代人の暗号、ですか」

青年は掠れた声を出した。

「暗号に興味はないの」

「いや、あります。あるけど、よく判んないんです」

「ぼくの知人にね、暗号を迷路*で解くことを考えたひとがいるけど、この取合せもおもしろいね」

青年はなおさら答えられず、何杯めかのグラスの氷を揺らすばかりだった。

相手が知識を誇るために話題を変えているのでないことは判っている。しかしこの影の世界の水先案内*は、蹤いてゆけばゆくほどその暗い部分へ連れて行きそうに思えた。洞窟の中に続く流れにまで船を乗り入れたからには、黒白も判たぬ闇*の中へ導かれるのも遠くない気がする。そして、もしかするとそれが彼の最初からの狙いではなかったのか？

ばかな、というように頭をふってから、青年は辛うじていった。

「貴方は一週間ほど前、ここで悪魔の話をしていらしたでしょう」

「ああ、あのベルゼビュートのこと?」

相手は平気な顔で答えた。それからようやくぞんざいな*口調に慣れたような早口になった。

「君は馬の首星雲*の天体写真を見たことがあるかい。ぼくにはあの醜い駱駝のお化け*が、あれによく似ているもんで嫌でしょうがないのさ。で?」

「それから血の供犠の話になった……」

青年の怯えたような呟きをようやく聞きとると、彼はほとんど呆れ顔になった。

暗号　通信や伝達を秘密裡におこなうため、当事者同士でのみ分かるように定められた特殊な記号、符牒や言葉。
迷路　193頁を参照。
水先案内　船舶が港湾や河川などの水路を通過する際、安全に運航できるように導く案内および案内人。
黒白も判たぬ　通常は「文目」と表記。物の模様や形を判別できないほど暗いさま。
ぞんざいな　なげやり、乱暴なさま。
馬の首星雲　「馬頭星雲」とも。オリオン座の三つ星の南東部に位置する暗黒星雲。馬の首の影絵さながらに見える、その形状から命名された。
駱駝のお化け　221頁を参照。

「なんだ、みんな聞いてたのか」

それでも周りを憚った*ように小さい声になりながら、頬には奇妙な微笑が刻まれた。

「それで、何の話だか判ったの？」

「いえ、よく聞えなかったけど、世界各国の生贄*のことじゃなかったんですか」

「まあ、そうだけど」

何か思案するように上を向いていたが、急ににっこりすると、明らかに前に耳にしたのとは違う話を始めた。

「あれはこういうことだよ。聖書にあるアブラハムとイサク*の話は知ってるね。エホバ*に試されてアブラハムは独り子のイサクを羊の代りに燔祭*の捧げ物にしようとする。ところがイサクの方はまだ何も気づいていない……。

アブラハム乃ち*燔祭の柴薪を取て其子イサクに負せ、手に火と刀を執て二人ともに往り。イサク父アブラハムに語て父よと曰ふ、彼答て子よ我此にありといひければイサク即ち言ふ。火と柴薪は有り、然ど燔祭の羔は何処にあるや……」

創世記*の一節を誦し*終ると彼は突然に青年の膝をついて囁いた。
「ところでちょっと出ないか。続きは道々*話すよ」
青年は従った。彼が何をいおうとしているかは判らないが、イサクが愕然と気づいたように、自分自身が燔祭の羔にされかけているような、それでいてそのことが半ば嬉しいよ

憚った　遠慮した。

生贄　生き物を、生きたまま贄（神への捧げ物）として供えること。その供え物。

アブラハムとイサク　アブラハム（Abraham）は旧約聖書の『創世記』に登場するイスラエル民族の始祖。イサク（Isaac）は、齢百歳にして得た、その嫡子。

エホバ　（Jehovah）「ヤハウェ」とも。旧約聖書における神のこと。ユダヤ教では神名を口にすることを憚るため、聖なる四文字（YHWH）に無関係な母音符号をつけてアドナイ（我が主）などと称していた。後世のキリスト教会では、この習慣が忘れられ、エホバと誤読されるようになった。

燔祭　「燔」は、あぶって焼く意味の字。古代ユダヤ教で、雄牛や羊などの動物を、神への捧げ物として石の祭壇で丸焼きにして供えたこと。そのようにして焼いた供え物。

アブラハム乃ち……　大意は次のとおり。「アブラハムはすぐさま燔祭に用いる薪を取って、我が子イサクに背負わせ、火と刃物を手に執り、二人連れ立って出かけた。やがてイサクは父であるアブラハムに、『父よ』と語りかけた。『私はここにいるぞ』とアブラハムが答えると、イサクはすぐに続けて『火と薪はありますが、燔祭の贄にする子羊はどこですか？……』」（『創世記』第二十二章第六節から第七節）

創世記　（Genesis）旧約聖書の第一書。モーセ五書のひとつ。天地と人類の創造に始まり、アダムとイヴの原罪、諸民族の起源、ノアの方舟、バベルの塔などの物語を経て、アブラハムをはじめとするヘブライ人の族長たちの伝記が記されている。

誦し　声に出して唱えること。

道々　道を歩きながら。途中で。

うな、妙に甘えた気分になっていた。

伍

並んで歩くと、やはり彼の方が背は高かった。彼が名前を告げ、やや曖昧に医学関係らしい勤め先をいい、齢は二十七歳*と教えたので青年もそれに倣った。

「いつも店で話してらした方は……」

いいかけて青年は口籠った。*お友達ですかという言葉が素直に出てこない。もっとも、その客も今夜の自分のように、もっぱら聞き役に廻っていたので、印象は薄かったのだが。

「いいや、知らない人だよ」

と彼は答え、それから行きつけの店だという仄暗いバアへ誘った。

「水曜と土曜にさ、いつもここで会うことにしないか」

いきなりそういわれて、青年はぶっきらぼう*に、

「ええ、いいです」

とだけ答えた。

二人は遅くまで飲んだ。気がおけぬ店のせいか彼はいっそう饒舌になり、モアイやアク・アクの話をするかと思えば砂漠の国の暦や一角獣のタペストリーについて語り、憑き物

齢は二十七歳　中井英夫は二十七歳のとき（一九四九年二月十五日）、形影相伴う生涯のパートナーにして「分身」たる田中貞夫と出逢っている。
口籠った　「生まれた時から日蝕だつた／唇を抑へて生きてきたんだ」（中井英夫「蝕——弔歌第三番・吾を弔う唄」より）
ぶっきらぼう　言動などに可愛げがないこと。
気がおけぬ　気づかいがいらない。気づまりではない。
饒舌　よくしゃべること。おしゃべり。
モアイ　(moai) 南太平洋のイースター島にある巨大な石像。島のあちこちに数百体が現存しているが、その由来については諸説が唱えられている。
アク・アク　(aku-aku) ノルウェーの海洋生物学者で冒険家のトール・ヘイエルダール（Thor Heyerdahl　一九一四〜二〇〇二）の著書『アク・アク　イースター島の謎』（一九五八）を指す。「アク・アク」とは「霊」を意味するという。ヘイエルダールは一九四七年、みずから建造した筏船コン・ティキ号で、ペルーから南太平洋のイースター島までの航海実験をおこなったことで知られている。
一角獣のタペストリー　「一角獣」はヨーロッパに伝わる伝説の動物。ユニコーン（unicorn）とも。馬によく似た姿で、額から長い一本の角を生やしている。美しい処女にのみ、なつくとされる。一角獣を描いたタペストリーとしては、フランスのクリュニー美術館が所蔵する「貴婦人と一角獣 La Dame à la licorne」連作が名高い。これは一八四一年、歴史記念物監督官でもあった作家プロスペル・メリメが、クルーズ県のブーサック城で発見したものである。
憑き物　動物や人間の霊が体内に侵入することで、精神的・肉体的に影響を受けること。および、その取り憑いた霊。人に憑く動物としては、狐、狸、蛇、猫、猿、犬などが知られている。

のさまざまな例から転じて熱烈に刺青*讃美をするというふうだった。

それらの言葉は色彩豊かな万華鏡*を見るように青年の周りに飛び交い、錯綜するばかりだったが、酔い痺れてゆく頭の中で青年は、その一つ一つが見えない糸で繋っている気がしてならなかった。それはそもそもの最初から、ある意図の下に、ある確かな順序で語られてきたのではないだろうか。

悪魔・血の供犠・失われた大陸・夭折・麻薬・自白剤……

だが呂律の回らぬ舌*でそれをいうのは憚られ、青年は黙ってただ聞いていた。それにしても二人が店を出たとき、暗い夜道で思いもかけず流星を見たのは、後になってみれば驚くべき偶然といわねばならない。そのときは一瞬の青白い光芒*に打たれて立ち尽し、声も出ないままだったのだが。

陸

その夜、青年のベッドに寄り添ったのは黒猫ではなく、初めから美しい悪魔だった。青年は酔に火照った*躯をもてあましていたが、悪魔は黒天鵞絨*に似た冷ややかな肌でそれを鎮めた。肉体はいっそうしなやかに弾みがあった。青年は自分が燔祭の羔に選ばれたことを知ったが、それは明らかに恍惚感*を伴ったものだった。あるいは『青頭巾』*の僧と美童*のように、貪り喰われることの快美感*を期待しながら、青年は眠りに落ちた。

刺青　皮膚に傷をつけることで、絵の具や墨汁で模様や文字を彫りつけること。および彫られた作品。「ほりもの」とも。

万華鏡　カレイドスコープ（kaleidoscope）のこと。三面の鏡で三角柱をつくり、その底部に色紙や色ガラスの小片を入れ、上部の小穴から覗くと多彩な対称模様が見え、筒を回転させることで変化を愉しむ玩具。

呂律の回らぬ　酒に酔うなどして、発語が意味不明なさま。

光芒　光の条。

火照った　51頁を参照。

黒天鵞絨　177頁を参照。

恍惚感　117頁を参照。

『青頭巾』　江戸怪異小説集の精華である上田秋成『雨月物語』（一七七六）の一篇。美しい稚児を愛するあまり、その亡骸を喰らい食人鬼に成り果てた僧を、名僧・快庵禅師が救済する物語である。

美童　美しい少年。

快美感　心地よく美しい感覚。

漆

だが、青年は一種の誤解をしていたといえるかも知れない。確かに〝彼〟から選ばれたのには相違ないにしろ、それは悪魔の誘惑やギリシャ風な恋愛*と違って、大そう手間のかかる、面倒な手続きの要る選ばれ方で、何で彼がそんな儀式を必要としたのかは不明だった。

冬のあいだ二人は、約束どおり水曜と土曜ごとに逢い、ますます親しみを深めた。彼には病弱な妻がいるということだったが、それは青年を自宅に近づけぬための言訳とも受けとれ、家庭や女性関係のことになると話は急に曖昧になった。その代り青年の部屋にはよく遊びに来、時には連れだって風呂に行くこともあったが、決して泊ろうとはしなかった。青年の蔵書を見ながらの感想でも、話はまったくとりとめがない*ようでいながら、やはりある秩序に従っているとも思え、青年はその日その日の話題を克明にノートしておくことを忘れなかった。

彼と直接口をきいた最初に変光星の話が出たように、もっとも深い関心が宇宙にあることは知れたが、それは暗黒星雲＊やブラックホール＊、さらには反宇宙＊がそこに含まれてい

ギリシャ風な恋愛　少年愛。古代ギリシャにおいては、年長者が未熟な青少年を、有能な戦士、優秀な市民として鍛えあげるための教育手段とされた。

とりとめがない　まとまりがない。際限がない。

暗黒星雲　ガスや塵などの星間物質が背後の星の光をさえぎって、暗黒となっている部分。銀河の中には二〇〇近い暗黒星雲が発見されている。

ブラックホール　(black hole)　高密度な星が断末魔に重力崩壊を起こし、強力な重力のせいで物質も光も放出されず呑み込まれてしまって生ずる、最暗黒の天体のこと。このため光学観測は不可能だが、周囲のガスが発するX線からその存在を推察することができる。

反宇宙　反粒子（物理量は等しいが電荷などの符号が反対で、通常の素粒子と対をなす粒子）により構成される宇宙。相対性理論に端を発する反粒子の発見により、反陽子・反中性子・陽電子から成る反物質が想定され、我々が属する宇宙とはあらゆる点で対称的な、もうひとつの宇宙の存在が予言された。「三河島や鶴見の国鉄惨事、その背後には、また想像を絶した奇怪な非現実世界がひろがっていることだろうが、十年前の洞爺丸沈没事故は確かにそのとおりで、そこには別の次元の入口がくろぐろと口をあけていた。私はたちまち、その異様な色彩幻覚の世界へ誘いこまれたのだが、ここに記したのはその世界の滞在記録で、すべて事実には違いないというものの、見たところ、さながら反宇宙界の出来事のように、何もかも裏返しにされた奇妙な凹凸を示しているため、かりにこの長い、突飛な物語が、健康で正常なこの惑星の住人に迎えられぬとしても、それは仕方もないことであろう。私は、さしあたって乙女座のM87星雲――反宇宙が存在するというそのあたりへ旅立って、おずおずとこの本を差し出すほかはない。これは、いわば反地球での反人間のための物語だからである。」（中井英夫『虚無への供物』初版あとがき）

るからで、同じく茫洋とした＊海についても、そこにはなお多くの未知が潜むために興味を持っていることは明らかだった。すべて反地上的なものへの収斂＊を目指しているにしても、そこにはたとえば時間が必ず介在＊しているといった印象を青年は受けた。

占星術＊について熱心に語るのは当然として、それは自分の運命を知るためではなく、青年が仮りに永遠などという問題を持ちだしても、すぐ永遠に動くものに＊話を変えてしまうのは、具体的なものだけが関心の的のせいらしい。ひとしきり＊心霊現象＊の新しい在り方について語ったあと、彼はいくらか気恥しげにいった。

「こんなことばかり喋っていると、まるで知識の淫楽者＊か快楽主義者＊に思われるかもしれないが、こんなものは知識でもなんでもないし、ただの雑学でもないさ。ただぼくはどうしてだか生まれが乙女座＊なんでね、反宇宙の指令には＊従わなくちゃ。それに君を相手にしているとなんとなく楽しいんだ」

——でも、どうして……

といいかけて青年は口を噤んだ。＊どうしてぼくなんかを選んだんですかという質問は、まだしばらく心秘かな謎にしておきたい。従順という他に性質に取得はなく、容貌は人並みだとしても、かつて人から美しいなどといわれたこともない。それに、そんな己惚*は持ちたくもなかった。

ただ一度だけ風呂の帰りに彼から、

「君は本当に色が白いんだね」

茫洋とした　果てもなく広大なさま。
収斂　ここでは、（光線の束などが）一点に集まること。「集束」に同じ。
介在　ふたつのものの間に、別のものが存在していること。
占星術　天体とりわけ惑星の位置や運行によって、人間や国家の運勢を占う術。
永遠に動くもの　永久機関すなわち永遠に運動を続ける機械や装置を指す。人類の夢のひとつとして、その実現がさまざまに考案・実験されたが、現在では熱力学の法則に反するため不可能であることが判明している。
ひとしきり　しばらくの間。
心霊現象　現代科学では説明できないとされる超自然的な現象。テレパシー、千里眼、死者の霊魂との交信、念写・念動力等々。超常現象。
淫楽者　みだらな愉悦にふける者。
快楽主義者　人生の目的や価値の基準を快楽に置き、道徳は快楽を実現する手段とみなす立場の者。
乙女座　中井英夫は九月十七日生まれの乙女座である。
反宇宙の指令には……　239頁を参照。ちなみに乙女座の特色である、几帳面で秩序を重んじる性格を反映した発言とも考えられよう。
噤んだ　黙った。
己惚　自分で自分のことを優れていると思うこと。

と嘆ずるように*いわれて、ひどく恥しかったことがあり、それは深く心に残っているけれども、これまで彼は酔ったまぎれで*さえ、同性愛風な振舞を見せたことはついぞなかった。

――まあいいや、彼が楽しいといってくれるんだから、俺もいままでどおり新しい兄貴ができたと思ってりゃいいんだ。

青年はそう自分を納得させた。それはしかし多少不満でないこともなく、次に逢ったとき彼は、幻覚剤*から始めて古代ギリシャの詩型、*その詩人のソロン*やカリマコス、*トランプの王子たちの素性、*地獄に棲む黒闇天女*まで、例のとおりさまざまな話を聞かせてくれたが、青年はあまり熱心になれなかった。

捌

「春になったら二人して海を見に行こう」というのが、そのころの彼の口癖だった。実際その冬はあまりにも長く、暗かった。世界の各地を大寒気団が包み、地球は再び氷河期*を迎える予感に堪えた。

嘆ずる　感心する。嘆賞する。

酔ったまぎれ　酔いのあまり。

ついぞ　99頁を参照。

幻覚剤　脳神経に作用して、幻視や幻聴などをひきおこす薬剤。ＬＳＤ、メスカリンなど。

古代ギリシャの詩型　ギリシャ語では音韻に長短の別が明瞭であるため、長音・短音の組み合わせによる音脚が作られ、同一の音脚を一定数繰りかえして詩の一行が形成される。一例をあげると、ホメロスの叙事詩においては、長短短の組み合わせによるダクテュロス（daktylos）という音脚を、六個重ねることで一行としているのである。これをダクテュロス調hexametros（六脚韻）詩と呼ぶ。

ソロン（Solon　紀元前六四〇頃～紀元前五六〇頃）古代ギリシャの政治家にして詩人。ギリシャ七賢人のひとり。アテナイの名門に生まれ、政治家としては「ソロンの改革」を断行、民主制の基盤を築いた。また、アテナイ最初の詩人として詠じた作品が、断片的ながら遺されている。

カリマコス（Kallimachos　紀元前三一〇頃～紀元前二四〇頃）古代ギリシャ、アレクサンドリア時代の学匠詩人。エレゲイア詩型による『アイティア』などの詩や文学理論、文献史の編纂で知られる。

トランプの王子たちの素性　トランプ・ゲームで使用するカードの「王子」の札に描かれている四人の素性。すなわち、スペードのジャックはカール大帝の騎士オジェ・ル・ダノワ、ハートのジャックはジャンヌ・ダルクの戦友ラ・イル、ダイヤのジャックはトロイの王子ヘクトル、クラブのジャックはアーサー王に仕えた円卓の騎士ランスロットとされている。

黒闇天女　「黒闇天」「黒夜神」とも。醜悪怪異な容貌で、人間に災難をもたらすとされる女神。吉祥天の妹であり、密教では閻魔王の妃とされる。

氷河期　「氷期」とも。氷河時代の中で、とりわけ気候が寒冷で、温帯地方まで氷河に覆われた時期。新生代の第四紀更新世には、古い順にビーバー、ドナウ、ギュンツ、ミンデル、リス、ウルムと呼ばれる氷河期があった。

彼の儀式はまだ辛抱強く続けられ、水曜と土曜ごとの逢いは確実に守られた。それは青年が薄々ながら彼の意図に気づいて、むしろそれを早めるために守ったといえるかもしれない。話は相変らず多彩で、ツタンカーメン*のマスクから狼男*、さまざまな爬虫類、かつて行われていた宇宙通信、隠れ里*の伝説、神話のいろいろ、白夜*についてなど自在に移ったが、青年はそれらを結ぶ見えない糸に微かながらも手触れ、それを手繰ることができるようになった。ただ彼の最終の目的がそうだといいきれぬまま、もう少し黙っていることにした。

「春になったら、一緒に海へ行きたいなあ」

その日、青年の部屋へ遊びに来た彼は、また同じことをいい、眼を輝かせてその楽しさを語った。海辺で拾った猩々貝*や月日貝*の色彩。きらめく砂の砦。あるいは自然に穿たれた洞穴*。少年時代に夢見た海賊船の一員になること。

そんな話をしながら彼は、何のつもりか、青年の部屋では唯一の装飾になっている、大きな壁掛け鏡の前に行き、その中から注意深く青年をみつめていった。

「こうしてぼくが見ているうちに、君が立って歩いてきて、重ならないように注意したら、たぶんこちらへ脱け出せるかも知れないね。*そうしたら同じ言葉で話しあえるんだのに」

しかし、いつまでも青年が動こうとしないので、諦めたように元の椅子に戻り、たぶん

ツタンカーメン　(Tutankhamen)「トゥトアンクアメン」とも。古代エジプト第十八王朝第十二代目の王（在位は紀元前一三六三頃～紀元前一三五四頃）。アメンホテップ四世（イクナートン）の女婿で後継者。十八歳で早逝する。一九二二年、英国人ハワード・カーターにより、テーベ近郊の「王家の谷」で王墓が発掘され、黄金のマスクをはじめとする豪華な副葬品が世界的注目を集めた。その際、発掘関係者が相次ぎ死亡したため、「ファラオの呪い」として話題になった。

狼男　「人狼」とも。西欧各地の伝説に語られ、後に怪奇映画のキャラクターとしても有名となった怪物。昼間は人間の姿だが、夜になると月光を浴びて狼に変身し、人畜を襲うとされる。

隠れ里　山中や地底にあるとされる異世界。もしくは、世間を逃れて隠れ棲む場所。

白夜　「はくや」とも発音。北極もしくは南極に近い地方で、夏季に日没から日の出までの間、散乱する太陽光の作用で薄明の状態となること。

猩々貝　ウミギクガイ科の二枚貝。紀伊半島以南、沖縄、フィリピンなどに棲息。殻色は外は鮮やかな赤橙色か紫紅色、内は淡紅色で、観賞用にされる。

月日貝　イタヤガイ科の二枚貝。房総半島から九州にかけて棲息。殻は円形で美しい光沢があり、左の殻は赤褐色、右の殻は淡黄白色。これを太陽と月に見立てたのが命名の由来である。貝柱は食用に、殻は貝細工に用いられる。

穿たれた　穴の開けられた。

こちらへ脱けだせるかも知れない　「分身」を暗示する表現である。

そうするだろうと期待していたとおり、古い暦の話を始めた。それは前に話したものとは違って、美しい名前を持つフランス革命暦*のことだった。

「一月から三月までが秋で葡萄月、霧月、霜月。バンデミエール、ブリュメール、フリメール*。春が七月からで芽月、花月、草月。ジェルミナール、フロレアル*……」

青年はベッドに腰掛けたまま、話の区切りを待ってこういいかけた。

「前に星の光がもっと強かったらって話をなさっていたでしょう。あの本、やっと見つけましたよ。母と子が二人きりで影絵*を映しながら少しずつ狂ってゆくなんて、すばらしい小説ですね」

「そう、ソログープ*の中ではいちばんいいかも知れない」

彼はいくぶん不機嫌そうに答えたが、表情には、やっとお互い暗黙の了解*に達したかというような安堵感があった。従って、そのあと猛然と話し始めた事柄のすべては、もう青年にとってノートに取る必要もない、既知*のことだった。

次に逢ったとき、ドクササコ*やニガクリタケ*などの毒茸から、聞香*、宦官*で話を打ち切ったとき、青年はようやく紛れもない彼の目的を知った。やはり初めから燔祭の贄にするつもりで近づいてきたんだと思うと、疼*くような期待感に溢れた。

フランス革命暦　「共和暦」とも。フランス革命に際して国民公会が新たに施行した暦。第一共和制成立の一七九二年九月二十二日を紀元として、一年を葡萄月、霧月、霜月、雪月、雨月、風月、芽月、花月、牧場月（草月とも）、収穫月、熱月（暑月とも）、実月（果物月とも）の十二ヶ月に分け、毎月を三十日に分けた。一八〇六年に廃止。

バンデミエール、ブリュメール、フリメール　vendémiaire（葡萄月）、brumair（霧月）、frimaire（霜月）。

ジェルミナール、フロレアル　germinal（芽月）、floréal（花月）。

母と子が二人きりで……　２２９頁を参照。

ソログープ　２２９頁を参照。

暗黙の了解　言葉に出さないままで理解すること。

既知　すでに知れていること。

ドクササコ　「毒笹子」と表記。シメジ科の毒茸。秋に竹林などに群がって生える。色は淡黄褐色。食べると四、五日たってから急に手足の指先に激しい痛みを生じる。

ニガクリタケ　「苦栗茸」と表記。モエギタケ科の毒茸。世界中に分布し、四季を通じて針葉樹の切株や朽木の幹などに群がって生える。食用茸のクリタケに似ているが小ぶりで全体に硫黄色を帯びる。強い苦みがあり、猛毒。

聞香　「ききこう」「もんこう」とも発音。香道で、香のにおいを嗅いで種類を当てたり、異同を判別すること。また、香を嗅ぐこと。

宦官　中国などの後宮に仕える去勢された男子。元来は宮刑に処せられた者や異民族の捕虜を用いた。西アジア、ローマ、ギリシャなどにも見られる。

疼く　ずきずきと痛む。

玖

　その夜、彼は腕の中に黒猫を抱いて青年の部屋に現われたが、黒猫は床に降されると、たちまち走り去って消え失せた。

「君の頸筋に触らせて欲しいんだ」

　彼はさすがに顔を引き緊めてその頼み事をした。

「頸筋ですか、咽喉じゃなくて？」

「ああ」

「いいですよ。だけどその前に教えてください。どうしてこんな手間のかかることをしたのか」

　青年は幾枚かの紙片を出した。そこには美しいペン字で、そもそもの初めから彼の喋った事柄が順に書きつけられていた。

悪魔・血の供犠・失われた大陸・夭折・麻薬・自白剤・植物毒・変光星・洞窟絵画・暗号・馬の首星雲……

「初めて気づいたとき、これを結ぶ糸は〝時間〟かななんて思ったんです。それから生贄の話をしたときは〝血〟じゃないかとも思った。それはむしろ当っていたけど、ばかばかしく単純なことを、何だって順番に……」

「だけどフェアに*はやったはずだよ」

彼は平然と答えた。

「最初に口をきいたときが変光星だったろう。アルゴル*っていうのは〝悪魔〟って意味なんだから。それにあの流れ星もみごとな偶然だったな。だって落ちてしまえば当然あれは隕石*になるはずだからね」

フェアに　公正に。正々堂々と。
アルゴル　(Algol) アラビア語で、悪魔の星の意。
隕石　宇宙から地球に落下した物体。大きな流星の燃え残りで、組成の違いにより石質隕石、石鉄隕石、隕鉄に分けられる。

「そうですね。アブラハムからイサクへというのも、うまい説明だった。あとからだけど、ぼくはあれでもしかしたら五十音順じゃないかって気づいたんです。夭折した数学者はアーベルのことだったんですね」

青年は別の紙片を示した。

悪魔・アステカ王国*・アトランチス大陸*・アーベル・阿片・アミタール面接*・アルカロイド*・アルゴル・アルタミラ洞窟*・暗号・暗黒星雲……

アステカ王国（Azteca）十四世紀から十六世紀にかけて、メキシコ中央高原のテノチティトランを中心に栄えた王国。北方出身のアステカ族（メシーカ族）により築かれた。一五二一年、スペインのコルテスにより征服され滅亡した。

アトランチス大陸　221頁を参照。

アミタール面接　バルビタール系の催眠剤アミタール（Amytal）を投与して、患者を催眠状態にして面接をおこない、心理分析をすること。

アルカロイド（alkaloid）植物中に存在する、窒素を含む塩基性有機化合物の総称。有毒なものが多く、少量でも人間や動物に顕著な薬理作用を及ぼす。興奮剤や麻酔剤としても用いられることがある。ニコチン、モルヒネ、カフェイン、キニーネ、コカイン、エフェドリン等々。

アルタミラ洞窟　スペイン北部サンタンデル市近郊のアルタミラ（Altamira）にある石灰洞窟。一八七九年に旧石器時代の彩色動物壁画が発見された。

中井英夫

生贄・イサク・イースター島・イスラム暦*・一角獣・犬神憑き*・刺青・隕石……

……………………………………………

永久運動・エクトプラズム*・エピクロス*・M87星雲*・LSD*・エレゲイア*・円卓の騎士*・閻魔*……

王家の谷*・狼男・大蜥蜴・オズマ計画*・落人伝説*・オラクル*・オーロラ*……

イスラム暦 イスラム教諸国で用いられている太陰暦。六二二年七月十六日の教祖ムハンマドによるメディナ聖遷(ヒジュラ)から起算され、一年を十二ヶ月に分け、九月は断食(ラマダン)、十二月は巡礼の月として神聖視される。ヒジュラ暦、回暦とも。

犬神憑き 犬の霊とされる犬神が、人間に憑依するとされる憑き物の一種。中国・四国・九州各地に伝わる。

エクトプラズム (ectoplasm) 心霊現象で、霊媒の身体から発すると考えられる特殊な物質。フランスの生理学者リシェによる命名。心霊体とも。

エピクロス (Epikuros) 古代ギリシャの唯物論哲学者(紀元前三四一頃~紀元前二七〇頃)。エピクロス学派の開祖。デモクリトスの原子論にもとづいて、快楽主義を説いた。

M87星雲 乙女座にある楕円銀河。一七八一年にシャルル・メシエが発見。強い電波を放射しており、中心にブラックホールが存在しているのではないかと考えられている。ちなみに特撮テレビ映画『ウルトラマン』シリーズで、ウルトラ兄弟らの故郷とされるM78星雲は架空の星雲だが、企画段階ではM87星雲と表記されており、脚本の印刷時に誤植され、そのまま放送され定着したというエピソードは有名である。

LSD　強力な幻覚剤であるリゼルギン酸ジエチルアミド(d-lysergic acid diethylamide)のこと。一九四三年、スイスの化学者ホフマンが、アルカロイドの研究中に発見。アメリカのヒッピー・ムーヴメントに際して乱用され、厳しく法律で規制されることになった。日本では一九七〇年に麻薬に指定。

エレゲイア　(elegeia)　古代ギリシャ文学における詩型のひとつ。ヘクサメトロス(長短短格の六脚韻句)とペンタメトロス(長短短格の五脚韻句)を交互に繰りかえす。後代のエレジー(哀歌、挽歌)は、エレゲイアに由来する。

円卓の騎士　アーサー王伝説において、アーサーの円卓に連なる栄誉を与えられた騎士たちのこと。また、かれらの冒険と恋愛の物語。

閻魔　「閻魔」はサンスクリット語「Yama」の音写。閻魔王、閻羅王などとも。衆生の生前の善悪を審判し懲罰する地獄の主神、冥界の総司のこと。中国宋代の冠や道服を着けて忿怒相をなす。インドのヴェーダ神話において冥界を支配する死神ヤマが仏教に取り入れられたもの。

王家の谷　上エジプトのルクソールの対岸(西岸)に位置する、新王国時代の王たちの墓を擁する谷。東西ふたつの谷に分かれ、六十二基の墓が発見されている。そのうち二十五基が王墓である。２４５頁を参照。

オズマ計画　(Ozma Project)　高度な技術文明を有する宇宙人と電波で交信しようとする実験の原点となった計画。一九六〇年に米国ウェスト・ヴァージニア州グリーンバンクにある国立電波天文台の巨大アンテナを使って、くじら座のτ(タウ)星およびエリダヌス座のε(イプシロン)星からの電波を受信しようとした。計画名の「オズマ」とは、ライマン・フランク・バウムのファンタジー小説『オズの魔法使い』シリーズに登場するオズマ姫に由来する。

落人伝説　「落人」は源平合戦などの戦いに敗れて逃げのびた武人、貴人。かれらを先祖とする平家谷伝説などが、山間海辺の僻地には伝えられている。

オラクル　(oracle)　神のお告げ。神託。託宣。

オーロラ　(aurora)「極光」とも。南極や北極付近の上空にあらわれる放電現象。緑白色や暗赤色、紫色などを帯びて、カーテン状やアーチ状に美しく広がる。ローマ神話における「曙の女神」に由来する名称。

貝殻・海岸・海食洞*・海賊船・鏡の国のアリス*・革命暦*……

「だからぼくは影絵の話をしてあげたんだ。貴方はやっと判ったかという顔で、火山やガス灯、カストラート*、火星、化石、カニバリズム*、仮面、からくりって具合に続けて喋った。そしてこないだが、茸、伽羅*、宮刑*で終ったでしょう。それが今夜のためというのは判るけど、なんだってこんなくだくだしい*手続きが要ったんですか」

「それがぼくらの儀式だからさ」

彼はまともに青年の眼をみつめ、少し苛々したようにいった。

「さあ、もういいだろう。早く頸筋に触らせてくれよ」

青年はまだ解けやらぬ顔*で、この新しいタイプの吸血鬼*を眺めていたが、やがて覚悟を決めたように白い項*を差しのべた。しかし期待とは違って、その痛みは一瞬で終り、彼はすぐ顔を離した。本来なら一寸*ほどに伸びるはずの皓い*犬歯*もなく、彼は明るく笑っていた。

「おどろいたかい。便宜上*その名にしておいたけれど、残念ながら生身の吸血鬼なんて

海食洞　「海食」とは波による侵蝕のこと。海岸の崖に海食でできた洞窟。江ノ島の弁天窟などが有名。

鏡の国のアリス　（Through the Looking-Glass, and What Alice Found There）英国の作家ルイス・キャロル（Lewis Carroll 一八三二～一八九八）が一八七一年に発表した長篇ファンタジー小説。『不思議の国のアリス』（一八六五）の続篇にあたる。なお、キャロルことチャールズ・ラトウィッジ・ドジソン（Charles Lutwidge Dodgson）は、数学者や写真家としても知られた。アリス物語の連作については、中井英夫『虚無への供物』においても幾度か言及されている。

革命暦　２４７頁を参照。

カストラート　（castrato）十七世紀～十八世紀のイタリアで活躍した男性去勢歌手。変声期前に去勢されることで、ソプラノまたはアルトの音域を保ち、清澄な響きの力強い歌声でオペラの聴衆を魅了した。

カニバリズム　（cannibalism）人肉を喰らう習俗。人肉嗜食。

伽羅　香木の一種。沈香の極上種で、日本では最も珍重された。伽羅はサンスクリット語で黒の意。茶道では真の香とされる。

宮刑　古代中国における刑罰の一種。男女の生殖機能を外科手術により除去する刑で、漢代には腐刑とも呼ばれた。死罪に次ぐ重刑とされる。

くだくだしい　しつこい。煩雑でわずらわしい。

解けやらぬ顔　納得のいかない表情。

吸血鬼　（vampire）人間や禽獣の生血を吸う魔物の総称。死霊や生ける死者の姿をとることが多い。ブラム・ストーカーの長篇怪奇小説『ドラキュラ』（一八九七）とその映画化作品によって、黒マントをはおり長身痩軀の貴族的容姿で、昼は棺桶に身をひそめ、十字架や聖水を忌避し、蝙蝠などに化身するという吸血鬼像が定着をみた。土俗の吸血鬼伝承とは無縁の日本では一九七〇年代に、萩尾望都の漫画『ポーの一族』（一九七四）や中井英夫の本篇などで、耽美的な吸血鬼のイメージが流布することとなった。

項　首のうしろの部分。首すじ。

一寸　約三センチメートル。

皓い　白い。

犬歯　門歯と臼歯の間に位置する上下各二個の鋭い歯。食肉獣の牙。糸切歯。

便宜上　間に合わせに。とりあえず。

現実にいるわけはない。いるとすればぼくのような嗜血症*というか、噛むという行為が好きで、少しだけ血を見れば気のすむ手合いだろう。もっともそれじゃ君が不満だというなら、望みどおりしてやってもいいが」

青年ははにかんで*うつむき、彼はその肩に手を置いて続けた。

「君はくだくだしい手続きなんていったけど、それを経ないでこんな行為だけするなんてぼくはいやだね。イサク即ちいう燔祭の羔は何処にあるや、さ。だんだんにそれが判って、それでもついてきてくれる奴だけがぼくには必要だったんだ。しかし、吸血鬼を友人に持つのも、そう悪い気持じゃないだろう?」

拾

青年はひたすら夜を*待った。夜になれば親しい友人のような顔をして〝彼〟が訪れてくれるからだ。

嗜血症　(haematophilia)「淫血症」とも。血液に対して性的な渇望を感じる性癖。フェティシズムの一種とされる。

はにかんで　恥じらって。

青年はひたすら夜を……　そして物語は冒頭へと回帰するのである。最後に中井英夫が一九七一年に発表したエッセイ「街角での呟き」から引用する。「百科事典の編集を手伝い始めて十年ほどになるが、この世の森羅万象をアイウエオの五十音順に並べ返してゆくうち、ときどき奇妙な具合に項目が隣り合わせて苦笑することがある。といってただの語呂合わせにすぎないが、詩懐紙と歯科医師、市街戦と紫外線が同じ音だというぐらいのことでも、小栗虫太郎に劣らず暗合が好きなせいか、ついひとりで悦に入ってしまう。もっとも、苦情処理機関の次に九条武子、雑菌にザッキン、児玉源太郎にこだま号ぐらいはいいとして、ハヤシライスと林羅山、オッペケペー節にオッペンハイマーと続いたりすると、何かこちらが悪ふざけでもしているような気にならぬでもない」

（「カイエ」一九七九年二月号に掲載）

幻妖チャレンジ！

菊花の約

上田秋成

青々たる春の柳、家園に種ゆることなかれ。交りは軽薄の人と結ぶことなかれ。楊柳茂りやすくとも、秋の初風の吹くに耐へめや。軽薄の人は交りやすくして亦速なり。楊柳いくたび春に染むれども、軽薄の人は絶えて訪ふ日なし。

播磨の国加古の駅に丈部左門といふ博士あり。清貧を憩ひて、友とする書の外は、すべて調度の絮煩を厭ふ。老母あり。孟子の操にゆづらず。常に紡績を事として左門がこころざしを助く。其の季女なるものは同じ里の佐用氏に養はる。此の佐用が家は頗る富みさかえて有りけるが、丈部母子の賢きを慕ひ、娘子を娶りて親族となり、屢事に托せて物を餉るといへども、口腹の為に人を累さんやとて、敢て承くることなし。

一日左門同じ里の何某が許に訪ひて、いにしへ今の物がたりして興ある時に、壁を隔てて人の痛楚む声いともあはれに聞えければ、主に尋ぬるに、あるじ答ふ。これより西の国の人と見ゆるが、伴ひに後れしよしにて一宿を求めらるるに、士家の風ありて卑しからぬと見しままに、逗めまゐらせしに、其の夜邪熱劇しく、起臥も自らはまかせられぬを、いとほしさに三日四日は過しぬれど、何地の人ともさだかならぬに、主も思ひがけぬ過し出でて、ここち惑ひ侍りぬといふ。左門聞きて、かなしき物がたりにこそ。あるじの心安からぬもさる事にしあれど、病苦の人はしるべなき旅の空に此の疾を憂ひ給ふは、わきて胸窮しくおはすべし。其のやうをも看ばやといふを、あるじとどめて、瘟病は人を過つ物と聞ゆるから、家童らもあへてかしこに行かしめず。立ちよりて身を害し給ふことなかれ。左門笑うていふ。死生命あり。何の病か人に伝ふべき。これらは愚俗のことばにて、吾が儕はとらずとて、戸を推して入りつも其の人を見るに、あるじがかたりしに違はで、倫の人にはあらじを、病深きと見えて、面は黄に、肌黒く痩せ、古き衾のうへに悶へ臥す。人なつかしげに左門を見て、湯ひとつ恵み給へといふ。左門ちかくよりて、士憂へ給ふことなかれ。必ず救ひまゐらすべしとて、あるじと計りて、薬をえらみ、自ら方を案じ、みづから煮てあたへつも、猶粥をすすめて、病を看ること同胞のごとく、まことに捨てがたきありさまなり。

かの武士、左門が愛憐の厚きに泪を流して、かくまで漂客を恵み給ふ。死すとも御心に報いたてまつらんといふ。左門諌めて、ちからなきことはな聞え給ひそ。凡そ疫は日数あり。其のほどを過ぎぬれば寿命をあやまたず。吾日々に詣でてつかへまゐらすべしと、実やかに約りつつも、心をもちゐて助けけるに、病漸減じてここち清しくおぼえければ、あるじにも念比に詞をつくし、左門が陰徳をたふとみて、其の生業をもたづね、己が身の上をもかたりていふ。故出雲の国松江の郷に生長りて、赤穴宗右衛門といふ者なるが、わづかに兵書の旨を察めしによりて、富田の城主塩冶掃部介、吾を師として物学び給ひしに、近江の佐々木氏綱に密の使にえらばれて、かの館にとどまるうち、前の城主尼子経久、山中党をかたらひて、大三十日の夜不慮に城を乗りとりしかば、掃部殿も討死ありしなり。もとより雲州は佐々木の持国にて、塩冶は守護代なれば、三沢三刀屋を助けて、経久を亡し給へと、すすむれども、氏綱は外勇にして内怯えたる愚将なれば果さず。かへりて吾を国に逗む。故なき所に永く居らじと、己が身ひとつを竊みて国に還る路に、此の疾にかかりて、思ひがけずも師を労はしむるは、身にあまりたる御恩にこそ。吾半世の命をもて必ず報いたてまつらん。左門いふ。見る所を忍びざるは、人たるものの心なるべければ、厚き詞をさむるに故なし。猶逗まりていたはり給へと、実ある詞を便りにて日比経るままに、物みな平生に邇くぞなりにける。

此の日比、左門はよき友もとめたりとて、日夜交りて物がたりすに、赤穴も諸子百家の事おろおろかたり出でて、問ひわきまふる心愚ならず。兵機のことわりはをさをさしく聞えければ、ひとつとして相ともにたがふ心もなく、かつ感で、かつよろこびて、終に兄弟の盟をなす。赤穴五歳長じたれば、伯氏たるべき礼義をさめて、左門にむかひていふ。吾父母に離れまゐらせていとも久し。賢弟が老母は即て吾が母なれば、あらたに拝みたてまつらんことを願ふ。老母あはれみてをさなき心を肯け給はんや。左門歓びに堪へず。母なる者常に我が孤独を憂ふ。信ある言を告げなば、齢も延びなんにと、伴ひて家に帰る。老母よろこび迎へて、吾が子不才にて、学ぶ所時にあはず、青雲の便りを失ふ。ねがふは捨てずして伯氏たる教を施し給へ。赤穴拝していふ。大丈夫は義を重しとす。功名富貴はいふに足らず。吾いま母公の慈愛をかうむり、賢弟の敬を納むる、何の望かこれに過ぐべきと、よろこびうれしみつつ、又日来をとどまりける。

きのふけふ咲きぬると見し尾上の花も散りはてて、涼しき風による浪に、とはでもしるき夏の初めになりぬ。赤穴、母子にむかひて、吾が近江を遁れ来りしも、雲州の動静を見んためなれば、一たび下向りてやがて帰り来り、菽水の奴に御恩をかへしたてまつるべし。今のわかれを給へといふ。左門いふ。さあらば兄長いつの時にか帰り給ふべき。赤穴いふ。月日は逝きやすし。おそくとも此の秋は過さじ。左門云ふ。秋はいつの日を定めて待つべきや。ねがふは約し給へ。赤穴云ふ。重陽の佳節をもて帰り来る日とすべし。左門いふ。兄長必ず此の日をあやまり給ふな。一枝の菊花に薄酒を備へて待ちたてまつらんと、互に情をつくして赤穴は西に帰りけり。

あら玉の月日はやく経ゆきて、下枝の茱萸色づき、垣根の野ら菊艶ひやかに、九月にもなりぬ。九日はいつよりも蚤く起出でて、草の屋の席をはらひ、黄菊しら菊二枝三枝小瓶に挿し、嚢をかたぶけて酒飯の設をす。老母云ふ。かの八雲たつ国は山陰の果にありて、ここには百里を隔つると聞けば、けふとも定めがたきに、其の来しを見ても物すとも遅からじ。左門云ふ。赤穴は信ある武士なれば必ず約を誤らじ。其の人を見てあわただしからんは、思はんことの恥かしとて、美酒を沽ひ鮮魚を宰て厨に備ふ。

此の日や天晴れて、千里に雲のたちゐもなく、草枕旅ゆく人の群々かたりゆくは、けふは誰某がよき京入なる。此の度の商物によき徳とるべき祥になん、とて過ぐ。五十あまりの武士、廿あまりの同じ出立なる、日和はかばかりよかりしものを、明石より船もとめなば、この朝びらきに牛窓の門の泊は追ふべき。若き男は却物怯して、銭おほく費やすことよといふに、殿の上らせ給ふ時、小豆嶋より室津のわたりし給ふに、なまからきめにあはせ給ふを、従に侍りしもののかたりしを思へば、このほとりの渡りは必ず怯ゆべし。な恚み給ひそ。魚が橋の蕎麦ふるまひまをさんにと、いひなぐさめて行く。口とる男の腹だたしげに、此の死馬は眼をもはたけぬかと、荷鞍おしなほして追ひもて行く。午時もややかたぶきぬれど、待ちつる人は来らず。西に沈む日に、宿り急ぐ足のせはしげなるを見るにも、外の方のみまもられて心酔へるが如し。

老母、左門をよびて、人の心の秋にはあらずとも、菊の色こきはけふのみかは。帰りくる信だにあらば、空は時雨にうつりゆくとも何をか怨むべき。入りて臥しもして、又翌の日を待つべし、とあるに、否みがたく、母をすかして前に臥さしめ、もしやと戸の外に出でて見れば、銀河影きえぎえに、氷輪我のみを照して淋しきに、軒守る犬の吼ゆる声すみわたり、浦浪の音ぞここもとにたちくるやうなり。月の光も山の際に陰くなれば、今はとて戸を閉てて入らんとするに、ただ看る、おぼろなる黒影の中に人ありて、風の随来るをあやしと見れば赤穴宗右衛門なり。

踊りあがるここちして、小弟蚤くより待ちて今にいたりぬる。盟たがはで来り給ふことのうれしさよ。いざ入らせ給へといふめれど、只点頭きて物をもいはである。左門前にすすみて、南の窓の下にむかへ、座につかしめ、兄長来り給ふことの遅かりしに、老母も待ちわびて、翌こそと臥所に入らせ給ふ。寤させまゐらせんといへるを、赤穴又頭を揺りてとどめつも、更に物をもいはでぞある。左門云ふ。既に夜を続ぎて来し給ふに、心も倦み足も労れ給ふべし。幸に一杯を酌みて歇息ませ給へとて、酒をあたため、下物を列ねてすすむるに、赤穴袖をもて面を掩ひ、其の臭ひを嫌み放くるに似たり。左門いふ。井臼の力は款すに足らざれども、己が心なり。いやしみ給ふことなかれ。赤穴猶答へもせで、長嘘をつぎつつ、しばししていふ。賢弟が信ある饗応をなどいなむべきことわりやあらん。欺くに詞なければ、実をもて告ぐるなり。必ずしもあやしみ給ひそ。吾は陽世の人にあらず、きたなき霊のかりに形を見えつるなり。

　左門大いに驚きて、兄長何ゆゑにこのあやしきをかたり出で給ふや。更に夢ともおぼえ侍らず。赤穴いふ。賢弟とわかれて国にくだりしが、国人大かた経久が勢いに服きて、塩冶の恩を顧るものなし。従弟なる赤穴丹治、富田の城にあるを訪ひしに、利害を説きて吾を経久に見えしむ。仮に其の詞を容れて、つらつら経久がなす所を見るに、万夫の雄人に勝れ、よく士卒を習練すといへども、智を用ふるに狐疑の心おほくして、腹心爪牙の家の子なし。永く居りて益なきを思ひて、賢弟が菊花の約ある事をかたりて去らんとすれば、経久怨める色ありて、丹治に令し、吾を大城の外にはなたずして、遂にけふにいたらしむ。此の約にたがふものならば、賢弟吾を何ものとかせんと、ひたすら思ひ沈めども遁るるに方なし。いにしへの人のいふ。人一日に千里をゆくことあたはず。魂よく一日に千里をもゆくと。此のことわりを思ひ出でて、みづから刃に伏し、今夜陰風に乗りてはるばる来り菊花の約に赴く。この心をあはれみ給へといひをはりて、泪わき出づるが如し。今は永きわかれなり。只母公によくつかへ給へとて、座を立つと見しが、かき消えて見えずになりにける。

左門慌忙とどめんとすれば、陰風に眼くらみて行方をしらず。俯向につまづき倒れたるままに、声を放ちて大いに哭く。老母目さめ驚き立ちて、左門がある所を見れば、座上に酒瓶魚盛りたる皿どもあまた列べたるが中に臥倒れたるを、いそがはしく扶起して、いかにとととへども、只声を呑みて泣く泣くさらに言なし。老母問ひていふ。伯氏赤穴が約にたがふを怨むるとならば、明日なんもし来るには言なからんものを。汝かくまでをさなくも愚かなるかとつよく諫むるに、左門漸答へていふ。兄長今夜菊花の約に特来る。酒殽をもて迎ふるに、再三辞み給うて云ふ。しかじかのやうにて約に背くがゆゑに、自ら刃に伏して陰魂百里を来るといひて見えずなりぬ。それ故にこそは母の眠をも驚したてまつれ。

只々赦し給へと潸然と哭入るを、老母いふ。牢裏に繋がるる人は夢にも赦さるるを見え、渇するものは夢に漿水を飲むといへり。汝も又さる類にやあらん。よく心を静むべしとあれども、左門頭を揺りて、まことに夢の正なきにあらず。兄長はここもとにこそありつれと、又声を放げて哭倒る。老母も今は疑はず、相叫びて其の夜は哭きあかしぬ。

明くる日、左門母を拝していふ。吾幼きより身を翰墨に托するといへども、国に忠義の聞えなく、家に孝信をつくすことあたはず、徒に天地のあひだに生るるのみ。兄長赤穴は一生を信義の為に終る。小弟けふより出雲に下り、せめては骨を蔵めて信義を全うせん。公尊体を保ち給うて、しばらくの暇を給ふべし。老母云ふ。吾が児かしこに去るとも、はやく帰りて老の心を休めよ。永く逗りてけふを旧しき日となすことなかれ。左門いふ。生は浮きたる漚のごとく、旦にゆふべに定めがたくとも、やがて帰りまゐるべしとて、泪を振うて家を出づ。佐用氏にゆきて老母の介抱を苦にあつらへ、出雲の国にまかる路に、飢ゑて食を思はず、寒きに衣をわすれて、まどろめば夢にも哭きあかしつつ、十日を経て富田の大城にいたりぬ。

先づ赤穴丹治が宅にいきて、姓名をもていひ入るるに、丹治迎へ請じて、翼ある物に告ぐるにあらで、いかでしらせ給ふべき謂なしと、しきりに問尋む。左門いふ。士たる者は富貴消息の事ともに論ずべからず。只信義をもて重しとす。伯氏宗右衛門一旦の約をおもんじ、むなしき魂の百里を来るに報すとて、日夜を逐うてここにくだりしなり。吾が学ぶ所について士に尋ねまゐらすべき旨あり。ねがふは明かに答へ給へかし。昔魏の公叔座病の牀にふしたるに、魏王みづからまうでて手をとりつも告ぐるは、若し諱むべからずのことあらば、誰をして社稷を守らしめんや。吾がために教を遺せとあるに、叔座いふ。商鞅年少しといへども奇才あり。王若し此の人を用ゐ給はずば、これを殺しても境を出すことなかれ。他の国にゆかしめば、必ずも後の禍となるべしと、苦に教へて、又商鞅を私かにまねき、吾汝をすすむれども王許さざる色あれば、用ゐずばかへりて汝を害し給へと教ふ。是君を先にし、臣を後にするなり。汝速く他の国に去りて害を免るべしといへり。此の事、士と宗右衛門に比へてはいかに。丹治只頭を低れて言なし。左門座をすすみて、伯氏宗右衛門、塩冶が旧交を思ひて尼子に仕へざるは義士なり。士は、旧主の塩冶を捨てて尼子に降りしは士たる義なし。伯氏は菊花の約を重んじ、命を捨てて百里を来しは信ある極なり。士は今尼子に媚びて骨肉の人をくるしめ、此の横死をなさしむるは友とする信なし。経久強ひてとどめ給ふとも、旧しき交りを思はば、私に商鞅叔座が信をつくすべきに、只栄利にのみ走りて士家の風なきは、即ち尼子の家風なるべし。さるから兄長、何故此の国に足をとどむべき。吾、今信義を重んじて態々ここに来る。汝は又不義のために汚名をのこせとて、いひもをはらず抜打に斬りつくれば、一刀にてそこに倒る。家眷ども立ち騒ぐ間にはやく逃れ出でて跡なし。

尼子経久此のよしを伝へ聞きて、兄弟信義の篤きをあはれみ、左門が跡をも強ひて逐はせざるとなり。咨軽薄の人と交りは結ぶべからずとなん。

菊花の約

〔現代語訳〕

目に鮮やかな若緑の葉を茂らせる春の柳を庭先に植えてはならないように、軽薄な人とは交際をしてはならない。柳の木は茂りやすいけれど、秋風が吹き始めるとすぐに葉を散らせてしまう。軽薄な人は安易につきあいを始めるが、心が離れるのも速いものだ。柳は春が来るたびにまた青々と緑に染まるが、軽薄な人は二度と戻ることはない（この作品は中国の白話小説集『古今小説』所収「范巨卿雞黍死生交」を下敷きにして、舞台と人物を日本の戦国時代に移し替えたものである。この冒頭部分も、同篇の巻頭歌「結交行」の翻訳である）。

播磨国の加古の宿場（現在の兵庫県加古川市）に、丈部左門という名の学究がいた。清廉ゆえに貧乏な暮らしぶりにも満足しており、日々の友とする書籍のほかには、何であれ家財道具の類が増えることを好まなかった。左門には老いた母があった。孟子の母（我が子に与える周辺環境の影響を考え、三度の転居をしたという「三遷」の故事で知られる）に優るとも劣らぬ節操堅固な女性で、いつも糸つむぎや機織りの仕事をして、息子の勉学の志を支えていた。左門の妹は、同じ里の佐用という家に嫁いでいた。佐用家はとても裕福で、丈部親子の賢明さを敬慕して、同家の娘を嫁に迎えて親族となり、何かにつけて金品を贈ろうとするのだが、左門は「生計のために他人様の世話になるわけにはいかない」と云って、まったく受け取ろうとしなかった。

ある日のこと、左門が同じ里の知人某を訪ねて、古今の物語に興じていたところ、壁を隔てた隣室から何者かのうめき苦しむ声が、何ともあわれに聞こえてきた。主人に訊ねると、答えて云うには「此処よりも西の国の人らしいのですが、旅の同行者に遅れてしまったそうで一夜の宿を頼まれました。見れば風格もあり人品卑しからぬ御武家様なのでお泊めしましたが、その夜から悪性の発熱はなはだしく、御自分では寝起きもままならない御様子。お気の毒なことと思い、三日四日とお泊めしておりますが、お国がどこともはっきりせず、私も思わぬ失敗をしたものと当惑しております」と云う。左門はこれを聞いて、「なんと気の毒な話でしょう。御主人が懸念されるのも分かりますが、病苦に苛まれている当人は、知り合いもいないこの旅先で病に倒れ、さぞかし心苦しく思っていることかと。様子を看なくては」と云うのを、主人は制止して、「流行病は人をあやめるものと云いますから、家中の者も決してあの部屋には立ち入らせません。近づいて病が感染したら大変ですよ」。左門は笑って云った。「『死生命あり』といわれるように、人の生き死には天命で定められているものです。どんな病であれ、むやみに人にうつりはしませんよ。そんなのは愚かで卑俗な手合いの妄言で、私どもは相手にしません」と、戸を押して中に入り病人の様子を窺うと、主人が語ったとおり凡人ではなさそうである。とはいえ病は重いようで顔は黄色くむくみ、肌は黒く痩せおとろえ、古びた夜具の上で苦悶しながら横たわっている。人なつかしそうに左門を見やり、「白湯を一杯、頂戴したい」と云った。左門は近くに寄って、「御貴殿よ、心配なさいますな。必ずお救いいたします」と呼びかけ、主人と相談して、漢方の薬を選び、みずから処方を考え、我が手で煎じて与えただけでなく、粥を食べさせ、さながら実の兄弟を看病するかのようで、見るからに捨ててはおけないという風情であった。

武士は、左門の厚情に涙を流して、「これほどまでに、通りすがりの旅人にお心を尽くしてくださるとは。たとえ死んでも、御親切に報いたいと存じます」と云う。左門はたしなめて、「死んでもなどと気弱なことをおっしゃいますな。およそ疫病には期限があるものです。そこを乗り越えれば、命にかかわることはありません。私が毎日参上して、お世話をいたしましょう」と、真情をこめて約束し、熱心に看病しているうちに、病気は次第に快方に向かったので、武士は主人にも丁重な謝辞を尽くし、左門の陰徳（人知れずなされる善いおこない）を敬って、その生業を訊ね、自分の身の上をも次のように語り聞かせた。「私はもと、出雲国の松江（現在の島根県松江市）に生まれ育った赤穴宗右衛門という者です。いささか兵法の書物に通じておりましたので、富田城主・塩冶掃部介（富田城は月山城ともいい、現在の島根県安来市にあった山城。塩冶掃部介は実在の人物で、守護代として在任中、後出の尼子により討たれる）の師範役を務めていたのですが、近江（現在の滋賀県）の佐々木氏綱（近江国を本拠とする実在の武将）への密使に選ばれ、その居館に滞在中、前の富田城主だった尼子経久（戦国時代初期の著名な武将。富田城奪回を契機に一代で山陰山陽の覇者となった）が山中党（出雲の土豪で尼子の家臣）の加勢を得て、大晦日の夜（秋成が参照した『陰徳太平記』によれば、尼子勢は正月祝賀の芸能民に身をやつして城内に潜入したとされる）、不意を突いて城を乗っ取り、掃部介殿も討ち死にされました。そもそも出雲は佐々木氏の領国で、塩冶氏は守護代でしたから、『三沢と三刀屋（共に出雲の土豪）の両党に助力して、経久を攻め滅ぼしてください』と進言したものの、氏綱は見かけは剛勇なれど内実は臆病者の愚将なので、動こうとしません。かえって、私を自国に足止めする始末。無意味なところに長居はすまいと、単身ひそかに郷里へ帰る途次、このような病にかかって、思いがけず御貴殿の手を煩わせることになったのは、身に余る御恩と心得ます。我が後半生の命にかけて、必ずやこの御恩に報いる所存です」。左門は答えて、「他人の窮状を見るに忍びないのは、人として当然の心情ですから、そのように丁重なお言葉を頂戴するいわれがありません。なおしばらく逗留されて、お身体をいたわってください」と云った。赤穴は、左門の心のこもった言葉を頼りに日を重ねるうちに、心身ともほぼ平常の状態にまで回復したのであった。

　ここ数日来、左門は良い友人を得たものと、昼夜の別なく顔を合わせ語り合ってみると、赤穴も諸子百家（中国の春秋戦国時代に輩出した思想家たちや、その学派・学説のこと。儒家、道家、陰陽家、法家、墨家等々）に関して、ぼつぼつ話しだしたが、その問いかけも理解のほども人並み優れており、（赤穴が専門とする）戦術理論については卓越したものがあった。互いの心に合わないことがひとつもなく、感嘆したり歓んだり、ついには義兄弟の誓約を成すこととなった。赤穴のほうが五歳年長なので、兄として挨拶を受けたのち、左門に対して云った。「私は早くに父母を亡くした身です。賢弟の御老母は、すなわち我が義母でありますから、あらためて拝眉の礼を尽くしたいと思います。母上は、私のこの幼い心根をあわれみ、おゆるしくださるだろうか」。左門は大喜びで、「母はいつも私に友人がいないことを心配しております。いまの真情あふれるお言葉を聞いたら、きっと寿命も延びることでしょう」と答え、赤穴を連れて帰宅した。老母は両人を歓び迎えて、「我が子は才智とぼしく、時流に合わぬ学問ばかりをして、立身出世の機会を得られずにおります。どうかお見捨てなく、義兄として教え導いてくださいませんか」。赤穴は老母を伏し拝んで云うには、「男子たるもの、何より重んじるべきは信義です。有名になったり金持ちになることは、云うに足らない些事にすぎません。いま私は母上から御慈愛を、賢弟からは敬意を、我が身に賜わりました。これ以上、望むものはありません」と、歓びと嬉しさのうちに、なお日数を重ねて滞在したのであった。

つい昨日今日咲いたと思う尾上（加古川市尾上町。歌枕として知られる松と桜の名所）の桜も散り果てて、涼しい風に寄せくる波のままに初夏の訪れを実感する季節となった。赤穴は左門母子に向かって、「私が近江を脱出してきたのも、出雲国の動静をこの眼で見るためでした。いったん出雲におもむき、すぐまた戻って菽水の故事（『礼記』に見える『菽水の歓』の故事。菽＝豆を食い、水を飲むような貧しい生活をしても、親に孝行を尽くすという意味）のごとく、懸命にお仕えして御恩をお返しいたしましょう。いまはしばしのお暇を頂戴したいと存じます」と云う。左門は、「ならば兄上はいつ、お帰りになりますか」と訊いた。赤穴は答えて、「月日が経つのは早い。とはいえ、遅くとも今秋を過ぎることはないでしょう」。左門はかさねて、「秋のいつの日と定めて、お待ちしましようか。どうか、その日を約束してほしいのです」と問う。赤穴は応じて、「九月九日、重陽の節句（陽数である九が重なるこの日、菊の花を飾って宴席を設けるしきたりがあったため、菊の節句とも呼ばれる）をもって帰り来る日としよう」。左門は、「兄上、どうか必ず、その日をお間違えなく。ひと枝の菊の花と心ばかりの酒を用意して、お待ち申しあげております」と、お互いに真情を尽くして、赤穴は西国へと戻っていった。

　あら玉の（年月日に掛かる枕詞）月日はたちどころに過ぎて、下枝に実った茱萸も白く色づき、垣根の野菊も艶やかに美しい花を咲かせる九月となった。九日の日となれば、左門はいつもより早く起きだし、質素な我が家を掃き清め、黄菊白菊を二枝三枝と花瓶に挿して、常になく散財をして酒と食事の用意を調えた。老母は、「八雲たつ（出雲に掛かる枕詞）出雲国は山陰道の果てにあって、ここからは百里（約四〇〇キロメートル）も離れた土地だと聞きます。今日中に戻れるとは限らないのだから、帰宅した顔を見てから用意をしても遅くはないでしょうに」と云う。左門は、「兄上は信義を重んずる武士ゆえ、決して約束を違えることはないでしょう。そのお顔を見てから慌てて用意をするようでは、何と思われるか恥ずかしいではないですか」と答えて、せっせと上等な酒を買い、新鮮な魚を調理するなど、台所仕事に余念がない。

当日は快晴、見渡す限りの空に雲ひとつなく、草枕（旅に掛かる枕詞）する旅人の群れが三々五々、語らいながら往くのを聞けば、「今日は都入りにもってこいの好天で、幸先の良いことよ。これなら商売成功、間違いなしだ」。また、五十歳余に二十歳余と見える、同じ旅装束の武士ふたり連れは、「こんな好天ならば、明石から舟を雇えば、早朝の便で牛窓の港に向かっていたろうに。若い者ほど臆病で、路銀（旅費）ばかり無駄にかかることよ」と年配の武士が云うに、「殿が都にのぼられた際、小豆島から室津の港に渡るとき、波が荒く酷い舟路であったと、お供した者が申しておりましたからね、この辺りの海路は誰であれ用心しないと。まあ、そんなにカッカとなされるな。魚が橋（現在の兵庫県高砂市阿弥陀町魚橋。加古川の西に隣接する宿場町）に着いたら蕎麦をおごりますから」などと若い武士がなだめながら通ってゆく。老いぼれ馬の轡をひく馬子は腹立たしげに、「この死にぞこないの駄馬めが、しっかり目ン玉を開けんかい」と云いながら、荷鞍（馬の背に付けて荷物を載せる鞍）を押し直して、馬を追い立ててゆく。昼ももうかなり過ぎたけれど、待ち人である赤穴はまだ来ない。西へと沈みゆく陽に、今夜の宿を求めて急ぐ旅人たちの足取りが忙しげになるのを見るにつけても、外の往来の様子ばかりが注視されて、左門の心は酔ったように乱れた。

老母は左門に声をかけて、「人の心が秋空のように変わりやすくなければ、菊花の色が濃いのは今日ばかりではありません。必ず帰るという信念さえ変わらなければ、季節が過ぎて時雨の頃となっても、何を恨むことがあるでしょうか。もう家に入って床に就き、また明日に備えなさい」と諭されて拒むこともならず、母をなだめすかして先に寝ませた。それでも、もしやと思って戸外に出て見れば、天空には銀河（天の河）の光かすかにまたたき、凍るような月影が左門ひとりを淋しく照らし、軒端を守る犬の吼え声が澄み透り、潮騒が足もとまで打ち寄せるかのようだ。いまは月も山の端に隠れて暗くなったので、今日はこれまでと戸締まりをして中に入ろうとするに、ふと目をやれば、おぼろげな黒い影の中に人の姿があって、風の吹き寄せるままに、こちらへ近づいて来るのを、不思議と見やれば赤穴宗右衛門であった。

左門は嬉しさに小躍りする気持ちで「私めは朝早くからこの夜更けまで、お待ち申しあげておりました。お約束どおり帰ってくださったことの嬉しさよ。さあ、お入りくだされ」と云ったけれども、赤穴は無言でうなずくだけである。左門は先に立って、南の窓の下に案内し、席に座らせて、「兄上の御到着が遅かったので、母上は待ちくたびれて、明日こそはと寝床に入られました。起こして参りましょう」と云うのを、赤穴は頭を振って制止したが、やはり物を云わないでいる。左門は云う。「今日まで夜を日に継いで帰ってこられたのでしょうから、さぞや心も足も倦み疲れていらっしゃることでしょう。どうぞ一献お召しになって、お休みください」と、燗酒に酒肴を並べて勧めたが、赤穴は袖で顔を覆い、料理の匂いを忌み嫌うようなそぶりである。左門は云う。「拙い手料理でお口には合わないでしょうが、私の心尽くしです。よかったら是非、さげすまずに召し上がってください」。赤穴はなおも無言で、長い溜息ばかりついていたが、しばらくして云った。「貴君の誠意あるもてなしを、どうして拒めるわけがありますか。もはや欺く言葉もないので、本当のことを云いましょう。決して訝しんでくださるな。私はもはや、この世の人ではない。汚れた死霊が仮に人の形をとって顕われたのです」。

左門はたいそう驚き、「兄上は何故、そのように奇怪なことを申されますか。夢でもないのに」。赤穴は語る。「貴君と別れて出雲国に戻ったが、地元の人々はほとんどが尼子経久の威勢に服従して、塩冶家の恩顧をかえりみる者もない。従弟の赤穴丹治が富田城に伺候しているので訪ねたところ、丹治はしきりに利害を説いて、私を経久に引き合わせようとした。ともかくも、その勧めに従い、よくよく念入りに経久の言動を眺めてみるに、その武勇は万人に勝れ、よく兵士たちを訓練してはいるものの、智者を用いるのに猜疑心が深いため、心から主君を思って臣従している腹心がいない。こんな所に長く留まっても益なしと、貴君と菊の節句の再会を約したことを語って去ろうとしたのだが、経久は私を恨むと見えて、丹治に命じて私を城から外へ出さず軟禁して、とうとう今日の日を迎えてしまった。この約束をやぶるようなことになったら、貴君は私をどう思うだろうかと、ただただ落胆して悩んだが、どうにも逃れ出る術がない。古人は、『人は一日に千里（約四〇〇〇キロメートル）の道を往くことはできない。しかし霊魂は一日千里を往くことができる』と云った。この道理に思い至って、自害を遂げ、今宵、陰風（あの世から吹く風）に乗って、はるばるやって来て、菊花の約束を果たしたのです。どうか、この思いを哀れんでください」と云い終わって、涙をとめどなく流した。「いまこそ永久の別離です。どうか母上に、よくお仕えしてください」と告げて、席を立つかと思えば、掻き消すように姿が見えなくなってしまった。

左門は慌てて、留めようとしたが、陰風に眼が眩んで、赤穴の行方を見失ってしまった。うつぶせにつまずき倒れこんだまま、大声をあげて嘆き悲しんだ。老母は目覚めて、驚き起き出て、左門のいるところを見れば、客座のあたりに酒甕や酒肴を盛った皿をたくさん並べた中に倒れ伏しているのを、急ぎ助け起こして、「どうしたのですか」と問いかけても、ただ声を殺して泣くばかりで言葉もない。老母が「兄である赤穴が約束をやぶったと恨んで泣いているのならば、明日にでも赤穴が戻ったときは、何と弁明できますか。おまえはどうして、こんなにもおとなげなく愚かなのです」と強く諫めれば、左門はようやく答えて云った。「兄上は今宵、菊花の約束を果たすため、わざわざおいでになったのです。私は酒肴を調えてお迎えしましたが、何度も辞退されておっしゃるには、『かくかくしかじかの次第で約束を果たせないので、自刃して亡魂となり百里の道をやって来たのだ』と云って、姿が見えなくなりました。それゆえ、お寝みだった母上をお騒がせすることになったのです。どうか、おゆるしください」と云ってまた、さめざめと涙するので、老母は、「牢屋に繋がれている者は釈放される夢を見、渇きに苦しむ者は飲み水の夢を見るといいます。おまえの話も、きっとその類でしょう。よくよく心を鎮めてみなさい」と云ったが、左門は頭を振って、「本当に、そんな夢のようにいいかげんなことではないのです。兄上はさっきまで、ここにいらしたのですよ」と、またもや声をあげて嘆き伏した。老母もいまは疑うことなく、ふたりしてその夜は泣き明かしたのだった。

明くる日、左門は母の前に威儀を正して云った。「私は幼少の頃から学問の道に志して参りましたが、国家に忠義を尽くした誉れもなく、家で孝行を尽くすこともできず、ただ空しく天地の間に生まれたままであります。兄の赤穴は、その一生を信義のために捧げて、終わりました。私はこれから出雲に向かい、せめても赤穴の遺骸を葬って、兄弟の信義を全うしたいのです。母上には御身御大切に、しばしの暇をお与えください」。老母は、「悴や、彼の地へ行っても、早く帰ってきて私を安心させておくれ。あちらに長く留まって、今日が永久の別れとなるようなことをしてはなりませんよ」。左門は答えて、「人の命は水に浮く泡のようで、朝に消えるか夕べに死ぬか定かではありませんが、ほどなく戻って参りましょう」と、涙を振りきって家を出、作用家に立ち寄って、老母の世話を念入りに頼みこむと、出雲国へ向かう道中、飢えも寒さも忘れて、まどろみの夢にも赤穴を思って泣き明かしつつ、十日をかけて富田の城に到着した。

左門はまず、赤穴丹治の家に行き、姓名を名のり来意を告げた。丹治は迎え入れて、「天翔る鳥が知らせたわけでもないのでしょうに、どうして宗右衛門の死を知られたのか、不思議なことです」と、しきりに問いただす。左門は答えて、「武士たる者、我が身の富貴や盛衰を論ずべきではない。ただ信義のみに重きを置くのです。義兄宗右衛門は、ただ一度の約束を重んじて、亡魂となって百里の道を帰りました。私はその信義に報いるため、日に夜を継いで、ここに来ました。私が日々学んでいることに関して、貴殿にお訊ねしたいことがある。できれば明確なお答えを賜わりたい。昔、魏の公叔座（魏国の宰相。以下の話は『史記』列伝巻六十八「商君列伝」に拠る）が病床にあったとき、魏王（魏の恵王）がみずから見舞って、その手を取りつつ云うには、『もしもそなたの身に万一のことがあったら、誰にこの国を守らせればよいのか。我がために教えておいてほしい』。叔座は答えて、『商鞅（商君とも。後の秦の宰相で、叔座の言葉どおり魏を滅ぼした）はまだ若いが、当代に稀な才能の持ち主です。もしも、この男を登用されないのであれば、たとえ殺害してでも国外へ出してはなりません。他国に行かせたならば、必ずや後日の禍根となりましょう』と念入りに教示した。その一方で、叔座はひそかに商鞅を呼んで、『私は貴君を王に推奨したが、気が進まぬ御様子ゆえ、それなら殺してしまいなさいと進言した。これは主君を優先し、臣下を後にする道理による。貴君は一刻も早く他国へ逃げて難を逃れるがよい』と告げた。このことを、貴殿と宗右衛門に引き較べたら、どうなるとお考えか」丹治はただ頭を垂れて、一言もなかった。左門はさらに膝を進めて、「義兄宗右衛門が、塩冶家の恩義を思い、尼子に仕えなかったのは、義士（信義を重んじる武士）のおこないである。貴殿が旧主の塩冶を見限り、尼子の軍門に降ったのは、武士としての信義に反するおこないである。義兄が菊花の約束を重んじて、みずから命をなげうち百里の道を来たのは、信義の極みである。貴殿がいまや尼子に媚びへつらい、血縁の者（＝宗右衛門）を苦しめ、非業の最期を遂げさせたのは、友たる者の信義にそむいたおこないである。たとえ経久が強いて軟禁させたとしても、長年の交誼を思えば、叔座が商鞅に示したような信義をひそかに尽くすべきであったのに、ただ我が身の栄達富貴のみを求めて武士たる気風に欠けるのは、これすなわち尼子一統の家風なのであろう。それゆえにこそ、義兄はこの国に留まらなかったのだ。私はいま、信義を重んじて、わざわざここまで来た。そなたは不義の汚名を後世に残せ」と、云いも終わらず抜き打ちに斬りつけると、丹治は一刀のもと、その場に斃れた。家中の者どもが立ち騒ぐ間に、左門はすばやく逃れ出て行方をくらました。尼子経久は、このことを伝え聞いて、兄弟の篤き信義に心を打たれ、左門のあとを無理には追わせなかったという。ああ、軽薄な人と交際をしてはならないとは、このことである。

（東雅夫訳）

編者解説

東雅夫

あなたは、恋をしていますか？

え、そんな素敵な相手、自分の周囲にはいません、ですって!?

ちょっと待った。あなたは「恋」という言葉の意味を誤解していませんか。

論より証拠。辞書を引いてみましょう。日本を代表する国語辞典のひとつとして定評のある岩波書店版『広辞苑』（第五版）の「恋」の項目には、次のように説明されています（用例の部分は省略しました）。

（一）一緒に生活できない人や亡くなった人に強くひかれて、切なく思うこと。また、そのこころ。特に、男女間の思慕の情。恋慕。恋愛。

（二）植物や土地などに寄せる思慕の情。

どうです。恋の対象は、自分の身近にいない人、さらには死んでしまった人(!)であると、辞書には当たり前のように明記されているのです。そもそも「恋」という漢字は、旧字体(正字体)で表記すれば「戀」となりますが、これは「戀の上部(音レン)は『絲+言(ことばでけじめをつける)』からなり、もつれた糸にけじめをつけようとしても容易に分けられないこと。乱(もつれる)と同系のことば。戀はそれを音符とし、心を加えた字で、心がさまざまに乱れて思いわび、思い切りがつかないこと」(学習研究社版『漢字源』より)なのだとか。からまりあってグチャグチャになった糸を必死にほぐそうとするけれど、ますますからまりあって……しみじみ納得させられる語釈ではないですか。しかも、思い切りをつけるためのツールが「言」(言葉)であるというのも、実に言いえて妙だと思います。古代中国の人たち、深いですねえ。

そういえば、二〇一六年に公開されて記録的な大ヒットになったアニメ映画『君の名は。』(新海誠監督)でも、主人公である高校生の男女は、ある理由で絶望的なまでに隔てられており、それを繋ぐツールとして、「運命の赤い糸」の伝説を思わせる「糸」(ヒロインの住む町からして糸守町でした）と、携帯電話を介して交わされる「言葉」が、実に効果的に用いられていました。ちなみに、運命の場所でようやく初めて対面できた二人が、しかし互いの姿を見ることも触れることもできないというクライマックスの名場面は、なんと「恋」の本質に肉迫していたことでしょうか。

本書の巻頭に収めた**泉鏡花「幼い頃の記憶」**は、『君の名は。』に百年あまり先駆けて、時空によって絶望的に隔てられた恋の予感を瑞々しく描いた珠玉の名品です。文芸雑誌のアンケート的な企画に応えて書かれた文章なので、おそらく鏡花自身の幼少期の実体験にもとづいているのでしょうが、精彩に富む回想の描写がいつしか遙けき夢幻味あふれる物語の興趣を帯びてゆく運びには、読みかえすたびに惚れぼれといたします。

ところで、先ほどの『広辞苑』の「恋」の項目には、もうひとつ注目すべき点があることにお気づきでしょうか。語釈の（一）には、「特に、男女間の」と付言されています。……ということは逆に考えたら、恋の対象は必ずしも異性だけには限定されないことになります。これは決して珍しいことではありません。日本では古くから、年長の男性と稚児のような少年（たとえば織田信長と小姓の森蘭丸など）との恋情・友愛を描く衆道文学の伝統が存在し、本書巻末の「幻妖チャレンジ！」に収めた**上田秋成「菊花の約」**も、明示こそされないものの、そうした伝統を踏まえた作品であると、松田修をはじめとする研究者によって指摘されています。その直前に収録した**中井英夫「影の狩人」**に、さりげなく「ギリシャ風な恋愛」という言葉が出てくるように、こうした少年愛の伝統は日本のみならず世界的に認められるものでもあるのです。ちなみに「菊花の約」が収められた短篇集『雨月物語』（一七七六）は、名実ともに近世怪談文芸の頂点に位置づけられる名作なので、機会があればぜひ通読および原文を音読されることをお勧めします。

さて、驚くべきことは、まだあります。語釈の（二）によれば、恋の対象には「植物」や「土地」まで含まれているというのです。つまり、恋の相手は人間でなくてもかまわないし、さらには生き物でなくてもかまわないことになります。

人間と人間以外の生き物との恋を描いた名作として、本書では**佐藤春夫「緑衣の少女」**と**小田仁二郎「鯉の巴」**の二篇を採りました。

可憐な蜂娘(蜂女だと『仮面ライダー』に登場するグラマラスな怪人美女が連想されますので、ここは「娘」と表記したいところ)と受験生風な青年の愛すべき逢瀬と別離を描いた「緑衣の少女」は、註でも記したように中国清代の怪奇小説集『聊斎志異』の一篇を春夫一流の詩的な語り口で再話した小品ですが、そこに描かれるシチュエーションは、現代日本の青少年にも身近に感じられるものではないかと思います。私は本篇を読むたびに、ラブコメ物の定番シーン「遅刻する食パン少女」や、美少女アイドル物のステージ・シーンなどを連想させられ、ほほえましくも心浮き立つものを覚えるのでした。

ちなみに『聊斎志異』には本篇のほかにも、狐や蛇や鳥類などをはじめ実に多彩な動植物の化身と、人間の男女との恋物語が収められています。

一方、恋ならぬ鯉と人間との妖しくも恐ろしい交情を描いた異色作「鯉の巴」では、鯉が人間の女の姿に化けるのは終盤、それも恋人ではなく恋仇の女性の前だけで、巴は終始一貫、鯉の姿のままで主人公の内助と愛しあいます。

これは文学史上の一奇観と呼んでも過言ではないでしょう。

> 名を巴と呼べば、人の如くに聞き分けて、自然と馴附き、後には水を離れて一夜も家の内に寝させ、後には飯をも食ひ習ひ、また手池に放ち置く。早や年月を重ね、十八年に成れば、尾頭かけて十四五なる娘の背程に成りぬ。

本篇の原典となった近世最初期の文豪・井原西鶴の「鯉の散らし紋」では、右に引用したとおり、まことに簡潔に描かれている鯉と人とのなれそめを、小田仁二郎は微に入り細を穿つように活き活きと、ときに艶めかしく描きだしているのです。埴谷雄高『死霊』と双璧を成す戦後文学の奇書『触手』（一九四八）に遺憾なく発揮された魔性の文体が、そこにはチラリキラリと片鱗を覗かせているように感じられます。

ちなみに「鯉の巴」は、民話の「鯉女房」の流れを汲む作品でもあります。鯉が人間の女の姿で現われて村の男の女房となり、美味しい味噌汁をつくる。しかしそれは女が魚体に戻り、鍋の中を泳いで取った出汁によるもので、その様子を亭主に覗かれたことを恥じて沼に戻ってゆく……といった筋立の物語です。有名な「鶴の恩返し」と類似のパターンですが、こうしたタイプの物語を「異類婚姻譚」と呼びます。異類とは人ならざるもののこと――つまり動物や妖怪と人間が恋愛や結婚をする物語のことです。

その典型が、記紀神話の「海幸山幸」の物語に続いて語られるホオリノミコト（山幸彦）とトヨタマヒメ（豊玉姫）のラヴ・ストーリー。海神の宮殿を訪れたホオリノミコトと、ひと目で恋に落ちたトヨタマヒメは、父神の許しを得て結婚します。やがてホオリノミコトは陸の世界へ戻りますが、後からトヨタマヒメもやって来て懐妊を告げ、海辺に急造した産屋で出産の時を迎えます。本来の姿に戻って産むので、決して見てはなりませんという妻の言葉に背いて、夫が産屋の中を覗くと――「八尋鰐になりて、匍匐ひ委蛇ひき」（体長が一四メートルほどもある大鰐と化して、這いのたうっておりました）。姿を見られたことを恥じたトヨタマヒメは出産後、陸へつながる道を鎖して海の世界へ帰ってしまう。そして我が子ウガヤフキアエズノミコト養育のため、妹のタマヨリヒメを陸へ遣わします。後にこの叔母と甥は結婚し、誕生したのがカムヤマトイワレビコノミコト、すなわち皇祖・神武天皇なのでした。

そう、畏れ多くも天皇家の家系は、異類婚に一端を発していることになるのです。

これは必ずしも日本だけの伝承ではなく、中世フランスのメリュジーヌ（人魚もしくは龍蛇の姿をした妖精）伝説などでも、異類婚を機に高貴な家系が生まれるが、異類である妻は正体を覗き見られて姿を消すという非常によく似た物語となっています。

さて、「鯉の巴」を読みながら、しきりに想起されたふたつの作品がありました。

ひとつは、次に収録した**川端康成「片腕」**、もうひとつは、その川端が「言語表現の妖魔」と呼んで畏怖した室生犀星の中篇小説「蜜のあわれ」（一九五九）です。後者は、鯉ならぬ金魚の娘と老作家の幻想的なラヴ・ストーリーなのですが、いかんせん長すぎて収録を断念しました（ちくま文庫のアンソロジー『幻視の系譜』で読むことができますので、是非）。一方の「片腕」は、若い娘の腕をひと晩、借りて帰って添い寝する（巴と内助の営みさながら……）という奔放奇天烈な着想の作品ですが、ありえないはずの出来事を描いて一向に荒唐無稽な印象を与えない、それどころか、読み進めるうちに自分自身が男の共犯者めく存在と化して、息をひそめて一夜の成り行きを覗き見しているような後ろめたい緊張と陶酔の虜となってしまうのは、これひとえに「悪夢のような感覚的粘着力」（三島由紀夫）に富んだ文体の魔力ゆえというほかはありません。日本で最初のノーベル文学賞作家となった文豪の中の文豪が、その晩年に到達した怪談文芸の極北を、一語一句、堪能していただきたいと思います。

続く**香山滋**「**月ぞ悪魔**」は、「片腕」のクライマックスにおける肉体合一の禁忌に通ずるモチーフを、川端とは全く対蹠的な、泥絵の具を思わせる濃厚な筆致とアイデアで描きあげた怪作中の怪作です。沸き立つようなエキゾティシズムと猟奇趣味に彩られたペダントリー（衒学趣味）の数々は、作品世界それ自体が巨大な見世物小屋であるかのような酩酊へと読者を誘うことでしょう。それにしても……恋人と文字どおり合体させられることで絶望的に引き裂かれてしまうとは、これぞ究極の「恋」なのかも知れませんね。

右の「近くにいるのに隔絶」という恋の究極を、香山とは異なる視点から美事に作品化したのが、**江戸川乱歩**の名作「**押絵と旅する男**」です。しかも乱歩は、人ならざる生き物どころか、生き物ですらない無機物との熱愛という、時代を先取りするような着想を、作者一流の妖気ただよう饒舌体（多くは一人称で、多弁に語りかけるような文体）で濃密に展開してみせたのです。乱歩こそは、現代における二次元恋愛（アニメ、漫画、ゲーム、絵画などに登場する二次元のキャラクターに恋愛感情を抱くこと）の大いなる先覚者であったと申せましょう。

中井英夫「影の狩人」は、戦後幻想文学の金字塔となった連作集『とらんぷ譚』（一九八〇）でジョーカーの札として配せられた傑作です。一九六〇年代に百科事典編集に携わった実体験により育まれた夢想が、妖美な吸血鬼幻想へと結実するさまは、巧緻な工芸品さながら。まさに狂言綺語としての小説技巧を極めた趣があります。

こうして本書に収めた名作佳品の数々を眺めてみると、「恋」とは、文学という営みそれ自体の別名であるように思われてくるから不思議です。

さあ、あなたも思う存分、恋をしてみませんか。

二〇一七年一月

著者プロフィール（収録順）

泉鏡花

（一八七三〜一九三九）小説家。石川県金沢生まれ。北陸英和学校中退。一八九一年より尾崎紅葉に弟子入り。一八九五年発表の『夜行巡査』『外科室』で新進作家としての地位を確立。以後、『照葉狂言』、『高野聖』、『草迷宮』など、江戸文芸の影響を受けた浪漫的・神秘的な作品を多数発表し、独自の幻想文学の境地を開いた。

佐藤春夫

（一八九二〜一九六四）詩人、小説家。和歌山県生まれ。慶應義塾大学中退。与謝野寛、永井荷風らに師事。一九一八年の小説『田園の憂鬱』、一九二一年の詩集『殉情詩集』などで注目を集めた。ほかの作品に『都会の憂鬱』『晶子曼荼羅』など多数。新人に慕われ、門下に、井伏鱒二、太宰治、吉行淳之介、稲垣足穂、柴田錬三郎、遠藤周作など多くの作家がいる。一九六〇年、文化勲章受章。

小田仁二郎

（一九一〇〜一九七九）小説家。山形県生まれ。早稲田大学仏文科卒業後、都新聞社に勤務。戦後になって丹羽文雄の「文学者」に参加。一九四八年に『触手』で注目を集めた。鋭い感性を活かした前衛的な作風で知られる。『昆虫系』、『からかさ神』で芥川賞候補。一九五六年、瀬戸内晴美（寂聴）らと同人誌「Z」を創刊、『写楽』を発表。若手の育成にも力を注いだ。ほかの作品に『流戒十郎うき世草紙』『秘戯図』など。

川端康成

（一八九九〜一九七二）小説家。大阪生まれ。幼くして両親、祖父母を相次いでなくし、母の実家に引き取られた。東京帝国大学国文科卒業。大学時代に第六次「新思潮」を発行し菊池寛に認められた。一九二四年に横光利一らと同人誌「文芸時代」を創刊。新感覚派の作家として注目された。一九六八年、ノーベル文学賞受賞。七二年に逗子の仕事部屋でガス自殺。作品に『伊豆の踊子』『雪国』『眠れる美女』など多数。

香山滋

（一九〇四～一九七五）小説家。東京生まれ。法政大学経済学部を中退し、大蔵省に勤めた。一九四六年、処女作『オラン・ペンデクの復讐』を「宝石」に投稿し入選。第二作『海鰻荘奇談』により、第一回探偵作家クラブ新人賞を受賞。以後ミステリーの枠にとらわれない幻想味に溢れた作品を次々と発表し、いち早く戦後の流行作家となる。一九四九年に大蔵省を退官して執筆に専念。原作を担当した特撮映画『ゴジラ』（一九五四）で特に知られる。主な作品に『ソロモンの桃』『怪異馬霊教』『火星への道』など。

江戸川乱歩

（一八九四～一九六五）小説家。三重県生まれ。早稲田大学政経学部卒業。貿易会社勤務を始め、古本商、新聞記者など様々な職業を経た後、一九二三年、雑誌「新青年」に『二銭銅貨』を発表して作家に。日本におけるミステリー、ホラーの草分け的存在となる。主な作品に『陰獣』『人間椅子』『怪人二十面相』、評論に『幻影城』など。一九四七年、探偵作家クラブの初代会長となり、五七年からは雑誌「宝石」の編集長を務めるなど、新人作家の育成にも力を注いだ。

中井英夫

（一九二二～一九九三）短歌誌編集者、小説家、詩人。東京帝国大学中退。大学在学中に吉行淳之介らと第十四次「新思潮」に参加。「短歌研究」「短歌」編集長として塚本邦雄、中城ふみ子、寺山修司、春日井建らを見出す。代表作に、アンチ・ミステリーの大作『虚無への供物』、連作短編集『とらんぷ譚』など。一九七四年、『悪夢の骨牌』で泉鏡花賞受賞。

上田秋成

（一七三四〜一八〇九）江戸時代後期の国学者、読本作家、歌人、俳人。大坂生まれ。幼名は仙次郎、通称は東作、別号に鶉居・漁焉など。怪異小説集『雨月物語』の作者として特に知られる。本居宣長とは古代音韻、皇国主義をめぐって論争を交わした。作品に『諸道聴耳世間猿』『春雨物語』など。

底本一覧

泉鏡花「幼い頃の記憶」『おばけずき』平凡社ライブラリー
佐藤春夫「緑衣の少女」『たそがれの人間』平凡社ライブラリー
小田仁二郎「鯉の巴」『触手』深夜叢書社
川端康成「片腕」『文豪怪談傑作選　川端康成集』ちくま文庫
香山滋「月ぞ悪魔」『香山滋全集3』三一書房
江戸川乱歩「押絵と旅する男」『江戸川乱歩全集　第5巻』光文社
中井英夫「影の狩人」『中井英夫全集3　とらんぷ譚』創元ライブラリ
上田秋成「菊花の約」『改訂版 雨月物語』角川ソフィア文庫

＊本シリーズでは、原文を尊重しつつ、十代の読者にとって少しでも読みやすいよう、文字表記をあらためました。

●右記の各書を底本とし、新漢字、現代仮名づかいにあらためました。ただし「菊花の約」については例外的に旧仮名づかいのままとしました。

●ふりがなは、すべての漢字に付けています。原則として底本などに付けられているふりがなは、そのまま生かし、それ以外の漢字には編集部の判断でふりがなを付しました。

●代名詞、副詞、接続詞、補助動詞などで、仮名にあらためても原文を損なうおそれが少ないと思われるものは、仮名にしました。

●作品の一部に、今日の人権意識に照らして不当・不適切と思われる表現・語句がふくまれていますが、発表当時の時代的背景と作品の文学的価値に鑑み、原文を尊重する立場からそのままにしました。

東雅夫（ひがし・まさお）
一九五八年、神奈川県生まれ。アンソロジスト、文芸評論家。元「幻想文学」編集長で、現在は怪談専門誌「幽」編集顧問。『遠野物語と怪談の時代』で日本推理作家協会賞を受賞。著書に『百物語の怪談史』『文学の極意は怪談である』、編纂書にちくま文庫版『文豪怪談傑作選』、平凡社ライブラリー版『文豪怪異小品集』ほか多数、監修書に岩崎書店版『怪談えほん』ほかがある。

谷川千佳（たにかわ・ちか）
一九八六年、富山県生まれ。神戸大学発達科学部卒業。専門学校の講師などを経て、二〇一四年よりフリーランスとして活動。日常で感じる想いに物語を加え、記憶などをコラージュ的に再構成し、主に人物（女性）画を通して表現している。大阪、東京を中心に個展やグループ展で作品を発表。装画に『どこの家にも怖いものはいる』（三津田信三著）、『奇縁七景』（乾ルカ著）、『絶対正義』（秋吉理香子著）など。

装丁－小沼宏之
編集協力・校正－上田宙
編集担当－北浦学

文豪ノ怪談 ジュニア・セレクション
恋 川端康成・江戸川乱歩ほか

二〇一七年 二月 五日 初版第一刷発行
二〇一九年 一月三十一日 初版第三刷発行

編 東雅夫
絵 谷川千佳

発行者 小安宏幸
発行所 株式会社汐文社
〒102-0071
東京都千代田区富士見1-6-1
TEL 03-6862-5200
FAX 03-6862-5202
http://www.choubunsha.com

印刷 新星社西川印刷株式会社
製本 東京美術紙工協業組合

ISBN978-4-8113-2329-9